听说

宏玖 著

译林出版社

图书在版编目（CIP）数据

听说 / 宏玖著. — 南京：译林出版社，2014.11
ISBN 978-7-5447-5042-4

Ⅰ. ①听… Ⅱ. ①宏… Ⅲ. ①新闻采访－作品集－中国－当代 Ⅳ. ①I253

中国版本图书馆CIP数据核字（2014）第219096号

书　　名	听　说
作　　者	宏　玖
责任编辑	陆元昶
策划编辑	段年落
特约编辑	张躲躲　末暖暖
出版发行	凤凰出版传媒股份有限公司 译林出版社
出版社地址	南京市湖南路1号A楼，邮编：210009
电子邮箱	yilin@yilin.com
出版社网址	http://www.yilin.com
印　　刷	三河市华业印务有限公司
开　　本	900×1280毫米　1/32
印　　张	6.25
字　　数	130千字
版　　次	2014年11月第1版　2014年11月第1次印刷
书　　号	ISBN 978-7-5447-5042-4
定　　价	36.80元

译林版图书若有印装错误可向承印厂调换

自 序

我是一名电台主持人,做一档日播读书访谈节目,平日里接触最多的是作者。很多人觉得读书节目太小众,各类统计数据不断摆在我的面前,似乎说明我正干着一件费力不讨好的事儿。

但我庆幸八年前的选择。这个节目改变了我,因为那些书,更因为那些人。听他们的讲述,获益良多。有人说,烂书太多,各种模仿各种攒稿,急功近利伪鸡汤,日敲万字意淫狂……这些作者早就丢失了对文字的尊重。诚然,每年四十万种图书,鱼龙混杂,在所难免,但我还是觉得好书还是有很多。

每每采访到好书的作者,总有茅塞顿开之感。他们的话即使带着浓重的乡音,哪怕不够顺畅,也比那些华而不实、冠冕堂皇的流利的大话强百倍。这些作者经过了几年甚至更长的思考，提炼精华浓缩在一期节目里，总有很多瞬间能刺痛我麻木的神经。

　　书中的这些人大部分都有自己的工作，写作是自己的一种表达方式，他们都是有故事的人，而我是那个幸运的倾听者。他们有的是爱读书的明星，有的是深入一线的医生，有的是特殊群体的老师，有的是社会观察者……听他们说，有时热血沸腾，有时潸然泪下，有时神游四方，有时淡然一切……

　　在每天入夜后的十点钟，我把这些讲述者请到直播间里，听他们的故事，是一天当中我期盼的事情。节目里没有说够，说透，我们继续讲述，于是就有了这本书：《听说》。

目录

第一辑　开卷

蔡康永与汪峰的读书心得 / 10

三毛的三百七十五把钥匙 / 17

写"大"了的严歌苓 / 25

大冰的幸福之书 / 32

细节决定成败，读书决定未来 / 38

大哥范儿的吕良伟 / 46

C O N T E N T S

第二辑　往事

人艺的故事 / 54

他们的配音生涯 / 60

不一样的看守所印象 / 68

大发展时代的日本 / 79

乡愁是一弯浅浅的海峡 / 88

现代名捕的破案传奇 / 94

抑郁处方 / 100

第三辑　亲历

海地战歌 / 108

无国界医生 / 115

走近三军仪仗队 / 122

在生命禁区做心理咨询 / 128

专职捉贼 / 135

留守的孩子们 / 142

宏志班的故事 / 150

CONTENTS

第四辑 追 梦

花田半亩,死神却步 / 158

极地之梦 / 165

九岁骑着单车去西藏 / 172

在美国航母上当大兵的北京小伙 / 176

一家三口的图书馆情缘 / 183

北京大妞的红酒之旅 / 189

台湾的哥的故事 / 195

第 一 辑

开 卷

- 蔡康永与汪峰的读书心得
- 三毛的三百七十五把钥匙
- 写"大"了的严歌苓
- 大冰的幸福之书
- 细节决定成败,读书决定未来
- 大哥范儿的吕良伟

蔡康永与汪峰的读书心得

我经常在节目中讲,对于读书的氛围来说,目前不是最好的时代,读书节目也是如此,甚至被边缘化。我特别想做的一件事情就是调动大家读书的热情,哪怕是读实用性的书籍。

名人的影响力很大,你看微博上的大号发个照片瞬间就可以被转发几万次,我在想,如果他们能积极发布关于读书的内容该多好啊。于是我策划了一个系列,叫"明星的读书生活",让他们讲讲和书的故事。可惜只坚持了三个月,因为很多人觉得这个话题没什么可谈的。不过还是有一些明星有话可谈,比如说蔡康永和汪峰。

宏玖:您购书的方式是网上购书还是实体书店购书?

蔡康永:都有。我在网上买书很疯狂,因为我在旅行的时候看到一些觉得好的书就会用手机给书拍照,回到台湾的时候就在网上一次性把它买齐。以前没有网络书店的时候,看到想看的书就要买下来,所以沿路要背很重的书,因为我看中的书大多都是印刷、装帧很棒的,是很重的大本书。自从有了网络书店,我再也不要扛书旅行了。网络书店的可怕之处在于你买了一本之后它就会给你推荐另外二十本。逛实体书店的话，书店无法陈列那么多书，可是网络书店会一直提醒你，如果你买了这一本，那么那一本也很适合你。最后你越看越多，就会一次买很大一个包裹。可是，对我来讲，不管怎么样，我一直都觉得在所有的花钱的东西当中书是非常便宜的一种，就算加上从海外运到台湾的运费，那些很重很大的书也依然比别的东西便宜很多。就算买到了以后不是那么满意，你一定很快就可以找到适合它的主人，你把它送人或者捐掉都没有问题。我觉得买书这件事情不宜错过，宁愿错买一百本不要错过一本。我在实体书店也是一样，随便翻两页就买下来，因为我觉得现在书店里的书更新换代的速度太快了，如果犹豫没买，下一次就再也找不到这本书在哪里了。

宏玖：您会用平板电脑或者手机阅读电子书吗？

蔡康永：每次旅行我都以为会读电子书，所以就带着电子书，但只要电子书和实体书都在我的背包里，我就一定把实体书拿出来看。虽然电子书的容量很大，可是我觉得它没有办法像翻纸质书一样很快翻到我想看的某一页。目前为止我还是偏好纸质书，可是我知道电子书是一定会越来越厉害的。

宏玖：除了主持人的标签之外，您还是一位作家，写书的时候有没有近似疯狂的感觉？

蔡康永：我在写《蔡康永爱情短信》的时候，里面有一个很长的爱情故事。本来已经写完了结局，送进印刷厂准备印了。当晚朋友们请我吃火锅要为我庆祝，结果到了火锅店的时候，我突然想要改那个故事的结局，我就拿出我的笔记本来在上面写。当时，火锅在我面前，一桌十个人，大家一直往我碗里夹东西，可是我埋头一直写，一直写，写好以后就赶快请人过来把它拿去印刷厂，修改了那个结局。蛮疯狂的。当时同桌吃火锅的人都觉得我很神经，这么紧张那两百字的内容，可是对我来说，不改的话，书印出来我就会很痛苦。这种疯狂的状况还蛮多的。我的胡子长得很快，如果待在家里写东西，只要待三天我就变成大胡子，看到我的人都大惊失色，觉得我好像要去当海盗一样。可是没办法，写书的时候顾不了别的东西。

宏玖：有些文字是疗愈系的，要帮助人们消除爱情中的苦，让人释然。你的文字呢？

蔡康永：疗愈系的文字其实比较多是针对有烦恼的人，要替他们解决烦恼。相对来讲，我的爱情故事比较适合跟大家一起分担烦恼，而没有企图去解决。我认为爱情当中遭遇到的苦其实不需要消除掉，而是要深刻地体会它。我们中文里面说爱到刻骨铭心的地步，刻骨铭心四个字听起来很动人，其实，要在你的骨头上面跟心上面刻字是多么痛的事情，这是你感觉自己存在的最重要的依据。所以你如果想要把爱情当中的苦通通消除掉，就只能够得到不刻骨、不铭心的爱而已。所以我反而觉得好好地从爱的苦当中体会到自己存在的价值，才是谈恋爱最重要的一个精神。所以相对来讲，与其说是疗愈，不如说是分担痛苦。

宏玖：您认为电视行业在走下坡路吗？现有很多主持人纷纷去高校

当老师,您有这个打算吗?

蔡康永:我不相信电视的黄金时代消失了,我觉得只是节目被转到别的媒体上面去,很可能是转到网络上面去,它变成视频网站的收看方法压过了电视的收看方法,这个我相信。可是要告诉我说观众开始不看电视节目了,我觉得这是不会存在的。

至于做不做大学老师,我自己当初做老师的时候,最大的感受是我看到学生一届一届毕业离开教室的时候,我发现自己不能离开那个教室,觉得很恐慌。搞半天,原来他们可以闪人,我闪不掉。所以我大概教了两年觉得受够了,我也要自由自在地离开,我不要困在教室里面。所以应该不会再选择回学校教书这条路。

《康熙来了》的录制一直有个很幸福的状态,我和节目组的人员相处得很快乐,观众也还依然愿意看这个节目。我觉得如果我要再挑战别的节目形态,虽然也许不一定会很惨,可是起码很难再达到做《康熙来了》这么开心的程度,所以我宁愿把其他时间花在写东西和电影上面。

如果做电影,我希望预算小一点,因为小一点的话对于票房的压力就小一点,背着太大的票房压力最后就会患得患失到一个很恐怖的程度。像《康熙来了》这个节目之所以可以做很久,有一个很大原因是它预算很低。它没有贵到让别人受不了,所以就算有的时候收视率不是那么好,电视台也不至于肉痛。拍电影也是一样,你如果发疯地拉很多资金来拍,他们就要准备好面对巨大的票房压力,相对而言我希望做一个预算小小的、大家自由自在地做的电影。

宏玖:很多音乐人都有很高的文学造诣,比如鲍勃·迪伦就是一位诗人，除去旋律，歌词依旧震撼。你认为一个好的音乐人是不是应该具备很高的文学素养呢？

汪峰：一个好的音乐人在我看来至少应该具备一定的文学素养，如果有比较高的文学素养更好。当然，我是指创造型的音乐人，也就是全能创造型的词曲兼做的音乐人。歌词在一首歌里的重要性随着时代的变化应该是越来越重要的。事实上，流行歌曲和摇滚乐发展到今天，很多时候歌词起到了一首歌的灵魂的作用。每一个听歌的人会从你的歌词里感觉到、探究到你到底想表达什么。如果是一首精彩的歌曲，那他的表达方式、语句方式以及用词的方式，这些表面的文学技巧事实上对整首歌影响很大。有了这样的歌词，才会给听众带来思想内涵和震撼力。歌词和旋律的配合也是很讲究的一个创作部分。一个创作人具备比较高的文学素养，是他能够有比较好的创作素质的一个很重要的条件。

宏玖：《信仰在空中飘扬》改了二十二稿，写了五年，为什么如此较真呢？想表达的究竟是什么？

汪峰：《信仰在空中飘扬》改了二十多次，差不多五年，有人说这是较真，应该可以这样说，首先是因为这首歌的歌名太庞大，有高度的概括性，所以如果内容部分不符合这个歌名的重量感，就代表着失败。所以每写完一稿，我都会反复检查，觉得不好就再改。所以写了二十多稿。最终的这一稿改了三四个月的时间，觉得再没有可以修改或代替的，才决定使用。

整首歌曲的歌词部分实际上是大量的信息和意向，很多自然景物的意向，很多想象中的影像。其实整体表达的是现代生活中缺失的那些精神力量。事实上，我觉得中国人最缺乏的是对信仰的敬畏，以及在自己内心深处对信仰的清楚认知。这首歌曲也不是简单地呼吁信仰，事实上这首歌曲的众多段落中大量的歌词在讲述着很多潜意识中一个人一生中要经历的那些坎坷、起伏，以及难以言传的瞬间。它是想象力的集成，而不是简单地描写信仰对于人生的重要性。所以这首歌写的时候非常艰难，但是最后一稿写得还比较顺利。当然也还是要感谢鲍勃·迪伦，我这首歌的灵感完全得益于他的《答案在空中飘扬》。

宏玖：你说希望在生活中汲取营养，素材要贴地气，那么创作会不会被自己的经历局限住呢？如何突破自己？

汪峰：每一个创作者都会被自己的经历局限住，创作事实上是在局限的范围内尽量摆脱限制，达到无限。想突破自己，就要注意突破自己的惯性，要去真实地面对自己的内心，包括阴暗面，真正做到高度清醒地认知自己内心深处的想法，不要循规蹈矩，要站在更宏观的角度看待自己的作品和你要表达的意念。

当初写完《晚安，北京》这个小说的时候，回想起年轻时候很多的经历，要说是对少年时代的祭奠，我觉得有点严重，应该是对我生活的整个20世纪90年代，一直到21世纪初这十年时间的回顾。那个时代的年轻人，他们的生活，就是我的生活，他们的所思所想就是我的所思所想。我原本就喜欢文字的表达，所以很愿意专注地投入到一部文学作品的创作中去，这样既能让自己在文字表达上面得到满足，又能提升自己的文字表达能力。再有就是，构思故事时需要设计强大的戏剧冲突，这样就能在一个比较引人入胜的故事里面表达自己对周围世界的看法。

宏玖：在全媒体时代，在微博碎片化写作时代，你觉得读书的意义在哪里？

汪峰：事实上，读书的意义在任何时代都是存在的。也许有一天纸质读物全部都消失了，但是读书这件事不会。因为这两个字并不是指你一定要针对什么样的媒介阅读，而是要去阅读所有你未知的，或者你喜爱的文字，去收集有意思的信息，去欣赏大量优美的诗句。我更年轻的时候没能够更清楚地意识到读书的意义，到了现在，我觉得读书的意义是提升一个人的理解能力，提升一个人从教育体系里得不到的素质。一个人一生中会遇到很多起起伏伏，当坎坷、挫折来临的时候，读过很多书的人会具备良好的自我调整能力，能够很快地平复情绪，克服困难。总之，读书对一个人很重要，对这个世界很重要，因为它能带来更多的想象力。

三毛的三百七十五把钥匙

1991年1月4日凌晨,台湾著名女作家三毛在台北荣民总医院自杀身亡,掀起了轩然大波。三毛并未留下任何遗书,至今,她的死仍然是一个未解之谜。但在2011年1月4日,在三毛离开我们二十周年之际,三毛的最后一封信面世了。将这封信呈献给我们的人是三毛生前好友眭澔平。他和三毛有一个约定:合出一本书,合走一段路,合作一张唱片。

为了这一份故人留下的功课,眭澔平走上了三毛未完成的旅途,继续三毛在文学、音乐和旅行上的梦想,用二十年的时光,二十个三毛的故事,二十首纪念三毛的歌曲,二十段三毛尘封的录音,二十幅为三毛创作的画卷,以及二十年、一百八十多个国家的旅行记录,为三毛,为读者,也为自己完成了这部作品。

眭澔平曾经是台湾家喻户晓的主持人,口才极佳,上节目之前经过交流,我感觉此人真乃"行万里路,读万卷书"的典范。他经历非常丰富,精力也极其旺盛,岁月的沧桑挡不住他炽热的目光。两个小时的访谈仿佛让我穿越到了当年,见证了他和三毛的这段交情——他们应该算是忘年交。

三毛大我将近十七岁。以前，三毛会看我的电视新闻，我会读她的美好的散文，这两个"wén"文虽然不一样，却让我们在认识之前对彼此有了非常深刻的印象。

后来我写第四本书是关于台湾的风云人物的，我选了台湾八位非常杰出的人士，我不想写那种常见的比较肤浅、轻薄、短小的电视报道似的文章，我想做一个比较深度的心灵访谈。做了三毛的访谈之后，我就跟她成为了很好的朋友，因为发现我们有相当多的共同的特质，我们俩最喜欢的三本书，几乎是完全一样的。第一本是《红楼梦》，第二本是法国人写的《小王子》，第三本是美国人写的《麦田守望者》。当我们谈到这三本书的时候，我发现我们简直有了完整的心灵交流，感觉到其实人生不只要寻找一个可以恋爱结婚的伴侣，更可贵的是寻找一个所谓的心灵伴侣。这就是我用《红楼梦》的五个人物来写三毛的五个性格特质，她为此拍案叫绝的原因。

与三毛初识，我觉得她是六个字可以形容的：温暖，真诚，热情。但是她有很多面，她有着"唯恐夜深花睡去"的史湘云的浪漫，有着充满才情而且又敏感多疑的林黛玉的才华，又有着相当自我、孤独、忧郁的个性。其实她也像王熙凤那样漂亮、能干、大方，而且主动关心别人，把她自己的家料理得井井有条，像大观园一样。但是她最可爱的一面在于，她像贾宝玉一样，拥有一颗非常贪玩、调皮的赤子之心。而且，她还有知进退、懂自律、喜怒不形于色的薛宝钗的一面，这是大多数人看不到的。我对三毛的这些认知，真的是一种心灵聚焦、以文会友的感情，非常纯洁，而且非常深刻。

三毛去世之后，眭澔平做的最重大的决定就是辞去电视台主播的工作，放下一切光环，到英国去完成博士学位。他开始背着背包，一个人穿着短裤、背心、球鞋，自助旅行，游遍世界各地。

其实在三毛自杀之前，我就开始思考，人生究竟要"快活"，还是要"慢活"。这等于埋下了我辞职的种子。我是在当年的7月29日离开播报台的。那时，我们的电视台在台湾收视率最高，我跟所有观众道别的时候，心里确实是万般不舍，而且我并不确定未来是否可以走得很好。所有的人，包括观众、同事、朋友，甚至我的家人，全部都骂我："你怎么这么傻，怎么会放弃这样的工作？""你将来回来还找得到这样的职位吗？""你觉得你离开之后观众还会记得你吗？"但是当时我就下定了一个决心，就是希望我这个眭澔平不是一个所谓的电视主播眭澔平，我就是我，我很高兴。到现在，已经整整二十年了，我还是没有任何头衔，我还是很高兴。今天我有机会在这边接受访问，能够跟大家分享这样的心得，完全是因为三毛给了我一份鼓励，让我走进了一个更开阔的世界。

眭澔平跟三毛是知己，但不可回避的是，1991年1月4日凌晨，三毛离开了。可能很多人不知道，之前的几天，三毛偷偷地将她人生的最后一封信夹在她最后一本书《滚滚红尘》当中，送给了来医院看望她的眭澔平，但当时眭澔平并没有翻开那本书——更遗憾的是，三毛自杀前给眭澔平打过电话，他并没有接到。

我刚好在香港办签证，而且那个时候没有手机，非常可惜，她的两通电话我都没有接到。一通应该是白天打的，第二通是半夜，可能就是在她即将离去之前。

其实呢，在1月2日我去看过三毛。当时我预计1月5日去英国，我还跟三毛讲好，说，这次你不能去，我先去，我回英国，不直接飞到希思罗机场，我要从北京到乌兰巴托，然后从外蒙进入伊尔库茨克，我要从贝加尔湖那边坐东方特快车，横跨整个西伯利亚，从亚俄到欧俄进波兰，然后再进柏林，从柏林再飞回英国。

看完三毛，我就从台北飞香港，开始办签证。1月3日那天办签证，1月4日，我就在香港听到她的死讯了。那个时候我非常震惊，不只是因为没有想到她会在答录机里面留下了那两通电话，还因为我根本不知道，她藏了一封信在送给我的书里。我那时只是简单地以为，我送了她我的新书，她回赠给我她的新书。

后来，在西伯利亚大铁路上，有个俄罗斯的海关人员动作非常粗鲁，把我放在桌上的三毛的书碰到了地上，还被别人踩了两脚。我把书捡回来的时候无意间发现，里面露出了纸片的一角，仿佛里面夹了非常薄的一张纸。我把书打开来才发现，那居然是三毛在1月2日的时候写给我的一封信，就是所谓的三毛给我的最后一封信。后来我听到三毛的那个电话录音的时候，心里真是刀割一样啊！

现在，20年过去了，我完成了她留给我的四堂课：文学、音乐、绘画和旅行。我帮她把梦想实现了。

时光回到1991年1月2日，在这一天，三毛夹了一封信在书里面。她想不到，直到1月6日，眭澔平才在从西伯利亚回到英国的旅程中看到这封信的内容。

小熊：

　　我走了，这一回是真的。在敦煌"飞天"的时候，潞平，我要想你。如果不是自制心太强，小熊，你也知道，我那批三百七十五把钥匙会有起码一百把交给谁。这次我带了白色的那只小熊去，为了亲它，我已经许久不肯擦上一点点口红，可是它还是被我亲得有点灰扑扑的。此刻的你，在火车上还是在汽车里呢？如果我不回来了，要记住，小熊，我曾经巴不得，巴不得，你不要松掉我的衣袖，在一个夜雨敲窗的晚上。好，同志，我要走了。欢迎你回台湾来。

爱人：三毛

　　这封信里面其实有很多密码，如果不解释，读者会有疑惑的地方，眭澔平自然知道其中的涵义。

　　小熊是她给我的一个昵称。她很喜欢西方人，你知道，西方人会在小宝宝出生时送给他一只泰迪熊，这只泰迪熊会陪他一辈子。这个人有什么心事都会跟这只小熊讲。三毛也有这样一只小熊，后来，也不知道什么时候开始，她就很自然地称我为小熊。

　　关于"不肯擦上一点点口红"，我来解释一下。三毛心情不好的时候，就会去亲吻那只玩具小熊。这要说起她的一段经历。初中时，她被数学老师羞辱，在她脸上画东西，要她在全台湾最好的初中——北一女中的校园里面游行一圈。三毛从小就有一点自闭,这件事之后她就没有办法上学了,她出门前在门口系鞋带都要晕倒。后来她甚至没有办法跟她一个姐姐、两个弟弟一起在餐桌上吃饭,因为一吃饭他们就会讲到学校,讲到同学,讲到考试,她马上就没有办法控制她的情绪。后来,她几乎是关在房间里,妈妈爸爸要把饭菜拿到房间里,帮她找老师来教她画画,教她英文。她自己读书,她是这样子自学、苦学出来的。这样的日子过了将近八年。

也许,这样你就会了解三毛的孤独。小熊真的是她的朋友,所以她会跟小熊讲话,会去亲吻它。我每次看到三毛,如果她没有涂口红,我就知道她今天心情不太好,因为她要去亲小熊;如果她涂了口红,我就知道她那天的心情非常亮丽。

听到眭澔平的解释,大家可能都明白三毛在写那封信,写那句"为了亲它,我已经许久不肯擦上一点点口红"时的心情如何了。

三毛在写这封信时,心情一定是跌到谷底的,可是三毛又是一个自制心太强的人,所以我说很多人看不到她有薛宝钗的一面。很多人要她帮忙、关心,她会开导别人、关心别人,媒体来采访她,她甚至还能够跟他们谈笑风生。可是别人的问题解决了,走了,剩下她一个人,只能孤独地亲吻小熊。这种心情,大家很难去了解。

有人说三毛是一个虚荣的人,她绝对不是的。她根本没有想过成为畅销书女作家,得到亿万读者对她的喜爱,一点都没有。她不止一百遍告诉我,她说她真的只想做原来的陈平,也就是一个普通的女人,嫁给一个她爱的男人，为他生一大窝孩子。大家也许怀疑这是真的吗，千万不要怀疑，她每一个曾经有过的家，她都把它布置得很好看，整理得很干净，很舒适。她爱家，她想安静，她并不是一个只想去漂泊流浪的人。

这封信里面还提到了"三百七十五把钥匙"，我来解释。跟三毛聊天之后，我就立刻有一个感觉，我觉得她是一个好丰富、好精彩的人，可是我要怎么形容呢？我就说你真的像一个拥有三百七十五个箱子的人。这是我随口说的一个代表很多的数字。三毛的每一个箱子都是精采丰富的，可能打开这箱子，她可以跟你聊《红楼梦》；打开那个箱子，她可以跟你聊沙俄文学；再打开一个箱子呢，她可以教你怎么做桂圆汤；还有一个箱子，可能告诉你怎么样面对孤独寂寞……可是，在同样的时刻，我的心里忽然疼了一下，为什么？我忽然觉得这样一个丰富精彩的人，她势必会非常孤独，因为她越丰富、越精彩，她内涵越多，能够与她畅快分享的人就越少，能够懂她、了解她的人，读得出她的寂寞的人，也就越来越有限。所以，三毛后来跟我聊天的时候，感叹说："你说的那个三百七十五个箱子，那三百七十五把钥匙，在这个世界上跟人沟通的时候一般用不着，三把钥匙就够了。"

听着眭澔平的讲述，我也在思考，如今我们的好多朋友，到最后是不是也就只用到三把钥匙，见面的时候说："你好，吃了没？"寒暄几句："最近忙不忙？""你这件衣服不错。""今天气色很好。"最后说："好，有空打电话，回头聚。"我相信有很多精彩的人最后就变成孤单寂寞的个体，周遭的人很难走进彼此的内心。

我知道大部分80后是独生子女，已经没有兄弟姐妹了。进入了学校，他们很难有很多知心朋友。竞争很激烈，父母教你要对自己好一点，就算有几个推心置腹的朋友，读到大学或者工作之后，也都散居各地。进入职场，做人比做事更难了，这种情形下其实很多人都很孤独。而在三毛的文章里，我们总能读到一种真挚的感动，让我们迸发出一些对生命的爱、对自然的崇拜和对理想的憧憬。

三毛的妈妈陈缪进兰在生前有一段录音是评价眭澔平的，当然更是对三毛的想念。

我心里头觉得很安慰，因为她有那么好的一个朋友，而且那么了解她，真是不容易。所以，说起来，相交相知是缘分哪！我想整个三毛的爱现在已经在眭澔平的身上了，会流传下去。三毛的整个人生啊就是一个爱史，她就是很爱这个世界，很爱人。现在她远去了，眭澔平会接着她未走的路再走下去。她过去已经两年多了，还有一个朋友这么怀念她，想她，真是不容易。若是三毛在天上看到眭澔平为她做的，她一定在上面跟着捧场，两个人在一起，她会大笑……

眭澔平最后眼中憧憬着跟我说："大家看到蒲公英的飞絮会想到三毛的自杀，觉得三毛离去就再也回不来。其实我们应该这么想，那一朵一朵的小小的飞絮，白色的飞絮，其实不是悲伤的眼泪，而是希望的种子。这些种子，就像那种桃李种春风的梦田一样，种在每一位喜爱三毛的读者们的心理。让我们一起把这些种子播撒得更广，把绘画、音乐、文学和旅行这四堂课上得更好，把三毛希望我们一起分享的这个梦做得更圆满，把她没有走完的路，一起手牵手走下去……"

写"大"了的严歌苓

这几年总听到女神、男神之类的称呼,总有人问我"你的神是谁"。如果说男神的话,应该是迈克尔·杰克逊和张国荣这个级别的。要知道,20世纪80年代末看到那样的MTV和演唱会,对一个不到十岁的孩子来说,影响是致命的。至于女神,我的界定一直比较模糊,不知道哪个级别的人比较合适。做读书节目之后,审美有所改变,如果现在非要让我说出一个女神的话,我能想到的是严歌苓。

只是看她的书还不足以下这个判断,见到本人的时候我才由衷地赞叹了一句"女神"。正所谓腹有诗书气自华,也可能是学过舞蹈的原因,严歌苓的举手投足间都散发着优雅的气质,身材依然保持得很好,凹凸有致,说起话来又透出一种直爽。可能是在国外待得太久,被我问急了,她还会携带着一些西方的表达方式,显得很可爱。

几次采访,都是在严歌苓父亲的家里进行的。父亲萧马的身体不是很好,每年她都要从国外赶回来照顾父亲一段时间。严歌苓穿旗袍非常漂亮,现实中的3D版本更有说服力。记得有一次采访是为了萧马的书《铁梨花》,她给我讲述了这本书的创作故事。

这本书是我父亲原创的,他在三十年前写了一个电影剧本,是为我的继母,也就是他的太太写的。当时这个剧本发表以后反响很好,但是由于种种原因没有拍摄,一直到今天我都认为这是一个很遗憾的事。后来我就鼓励我爸爸,我说你把这个作品捡起来再写,这样他就动笔写了。

后来《铁梨花》终于拍成了电视剧,我想这也是女儿的一片孝心得以实现。

严歌苓的父亲是著名作家,但她年轻的时候并没有继承父业。

我们家就是这样一个家庭,由演员和作家组成。爷爷是一位学者。但年轻时我是一个跳舞的。当年反击战的时候,我们军区派上去好几个军人,当时缺战地记者,我就傻乎乎地申请到前线去,然后组织就把我派到了野战医院。去了我就要写报道啊,任务就是写一些像报告文学一样的短文章。但我没有写报告文学,我写了一些短诗、小说什么的。当时我想,这个仗一打完我就不干这个了,可是仗打完之后,我发现我更适合写作,而不适合跳舞。

严歌苓认为写作是需要天赋的,当然兴趣也是前行的动力。很多人喜欢看严歌苓的小说,觉得她很会写,比如我的办公桌上有一本《第九个寡妇》,经常被同事借去读。看过的都说好,仿佛作者在那里生活过一样。

我走到哪里都会被各种方言吸引，从中听出特别有趣的元素来。北京方言我觉得特别有趣，四川方言我也觉得特别有趣，陕北的也有意思，所以我是一个很喜欢语言的人。我觉得首先你要下工夫到当地跟人家多聊，多听听他们这些村子里的老爷子、老太太们说话，然后写起来就找到感觉了。如果从容一点的话，我觉得我能做得更好，很可惜我身居海外，有条件限制，因为毕竟有老有小，所以在中国村子住的时间就很有限。

严歌苓身居海外，在很多国家都生活过，前几年出过一本英文小说，翻译过来就是《赴宴者》。我个人觉得严歌苓的作品水平很稳定，基本都在一个水准上，但我看了《赴宴者》之后有些陌生，有可能是翻译的原因。她为什么会写一个"会虫儿"的生活呢？这个灵感来自一个朋友。

因为身居海外时间比较长了，看到大陆很多光怪陆离的社会现象会觉得不可思议，比如吃这件事。我的好朋友陈冲偶然看了一期《焦点访谈》，说的就是"会虫儿"这样一种奇特的现象。她跟我说："因为我们不在这个环境里生活了，就觉得荒谬。但是我另外一些朋友就觉得这是司空见惯的事，他们说，比这邪乎的事还有很多。"这就刺激起我的好奇心，我就想打听，想了解，然后刺激起我的创作欲望。

就像我刚移民到美国，就觉得美国有很多现象不可思议，然后我就想写。现在回到中国，我也有这个感觉。所以我总觉得自己是个边缘人，活在中西两种社会的边缘。当然，边缘人也有这样一个优势：保持旁观者的客观和冷静。

严歌苓曾经在美国专门学习写作，一位俄罗斯教授的话对她影响很大。教授对全班的人说："什么让你感到世界上就缺你这一本书？"这句话犹如一盆冷水浇凉了大家的热情，但同时也让大家对写作充满敬畏。每一本小说是不是有一点实验在里面？有没有一点突破在里面？严歌苓至今都会反复思考。当我问起严歌苓写小说的灵感来自哪里，她稍微沉思了五秒钟，然后很认真地给了我答案。

我很喜欢听故事，我喜欢听各种各样的人讲故事。很多故事都是我无意间听来的，无意当中就把它记住了。像《小姨多鹤》和《第九个寡妇》，这些都是我日常生活当中听朋友讲的。我在美国听到了大量的故事，我写的留学生的故事很多都是我听来的，所以我觉得作家要有好耳朵，这是很重要的。别整天就是叽里呱啦发表自己的见解、看法，滔滔不绝。

你要很认真地听别人讲，我还要去同情人家。这个"同情"是广义的，就是你要设身处地站在人家的立场上想，要有一颗很敏感的心。很多人说这有什么意思，但是对我来说我就觉得它挺有意思，我把它写出来，他们说还确实挺有意思的。这就是我的灵感来源。我总是很好奇，例如那个会虫儿究竟是怎么回事呢，为了弄明白，我就去卧底，我就看看究竟是怎么回事。

严歌苓喜欢喝红酒，每天坚持跑步一小时，不过最让她上瘾的还是写作。我就是从她那里第一次听到"写大了"这个词。

就是类似喝大了那种感觉。有时候写着写着忽然有超越，恨不得夸奖自己"你怎么能写出这么精彩的句子来呢"，然后就好像停不住了，哗啦啦就出来了。不管干吗，你想当一个神仙，但是你不能每次都当成神仙，但是你得准备着让自己当这个神仙，所以你就得坚持写，写到那个质变的时刻来了，那种很好的状态来了，你就会觉得你今天这个写作经历是非常了不得的，这就是瘾。

我很爱喝红酒，很好的红酒有的时候会给你一种很好的感觉。我觉得写作跟喝酒的感觉很像，你觉得你超过自己了，你比你自己大了。要的就是那种感觉。

严歌苓老师也是好莱坞的编剧，并且不同程度地参与了《梅兰芳》、《小姨多鹤》、《金陵十三钗》的编剧工作。但是，写电影剧本很大程度上需要遵照导演的意志进行创作，自己写小说时束缚就会小很多。

我爱电影，因为电影是一种用镜头、用电影语言来叙述故事的艺术形式，我觉得这种艺术形式是最高超、最优越、最完美的。你可以在里面看到好的文学，你可以在里面听到好的音乐，你可以看到现在最好的媒体手段、媒介手段。

电视剧很抓人，台词也好，人物也塑造得好，但是它的娱乐性很大，所以不是我喜欢的东西。只要有电影看，我就不去看电视剧。有一种情况下我会看电视剧，那就是跑步。因为跑步很单调嘛，看电视剧也是消磨时间，这两件事放在一块儿做我觉得好一些，否则就觉得坐在那儿看，一看就是三十个小时，太浪费时间。我会批评自己："三十个小时可以看多少好书呢。"

严歌苓很喜欢看书，但对于畅销书，她还是有所质疑。

我会先看三个章节，如文字很丑很糟糕，再畅销我也不会去买，而且我很怀疑号称卖了一百万册的都是这种书。从文字上来讲，它不属于纯文学。所谓纯文学，就是说你的故事再好，再通俗，你的文字一定要写得很好，对吧？如果文字写得不好的话，它就不是文学了，而是一种消遣的东西，是一种娱乐产品。有人说电子书会逐渐取代纸质书，对此我是从来不慌的。总有那么一些人，今天不是很多，将来也不会很多，他们会很喜欢纯文学，也很喜欢纸版本的文学。

记得我还是大学生的时候，有一次在世纪坛参加活动，我问作家余华，哪个作家对他影响最大，他说是《百年孤独》的作者马尔克斯。其实严歌苓受他影响也很大。

马尔克斯的书对我的影响非常大，那是一种革命性的影响。我在美国读书的时候，读过了马尔克斯所有作品，我更喜欢他前期的作品，就是写实的那些作品。后期他的风格变成了魔幻主义。

当然了，我的每个成长阶段都有一个或者几个作家影响我。小的时候是俄罗斯的一些作家，高尔基啊，陀思妥耶夫斯基等等；大一点时就变成了曹雪芹；然后就是罗曼·罗兰。这些人的书都是我爸爸的，对我影响最大的中国书就是《红楼梦》。我的桌上随时都会有《红楼梦》，没有灵感的时候，把它随随便便翻一翻，就能找对感觉，就是让自己文气很正的那个感觉。毕竟我写的是中国文字而不是外国文字，坐在写字台前面的时候，我翻开的都是唐诗宋词和《红楼梦》，这样可以让自己把气正过来。我对自己说："你要写中国文，你要写出好看的汉语，写出像这样的汉语，这就是我的榜样。而不是一味地学习西方作品。我们可以学习西方作品的技法，学习里面的人文关怀，但是要说写，你还要从老祖宗那儿学习。"

严歌苓给我的感觉是很优雅，但离开时她跟我说，有几回"写大了"，就是连续写了好多天，日常生活都打乱了，用她的话说是"蓬头垢面"，跟老公也很少交流，结果突然有一天照镜子，把自己都吓着了。她告诫自己不能这样生活，瞬间又变得优雅了——写作毕竟是生活的一部分，不能让写作影响了生活。当然，作为读者，我希望尽快看到她的下一部作品。

大冰的幸福之书

近期我采访了一位同行,山东卫视的主持人大冰。他送了我一本他的处女作《他们最幸福》,这是他十年生活的一份答卷,里面没有一点跟主持相关的东西,写的都是别人,但你感受到的是他的人生态度和生活方式。

我们有种一见如故的感觉。给我印象最深的是大冰的眼神和嗓音,可以用一个词来形容:通透。作为同龄人,我感受到的不是匆忙和凌厉,而是平静、清新。

大冰的身上有很多标签:综艺节目主持人,高校老师,民谣歌手,科班出身的画者,很成功地让五家酒吧倒闭的不靠铺酒吧掌柜,不错的皮匠,曾经在藏地生活过好多年的第三代拉飘,丽江混混,背包客……他1999年出道,二十出头就已经成名,一切来得特别突然。

我到山东电视台工作纯属机缘巧合,一开始做美工,后来做剧务,负责买盒饭,再后来当摄像,当导演,最后当了主持人。上个世纪和这个世纪交界的这两年,主持人比较少,每个台的综艺节目也少,很好的机会摆在了我面前，稍微一把握，很多东西突然之间就从天而降了。我那时不过二十三岁，却得到了很多人可能要到四十岁才能够获得的一些东西，比如说财富，比如说知名度。过了一段时间，我就想，怎么莫名其妙一下子什么都来了？我不是一个穷学生了，不是一个买盒饭的剧务了，也不是一个美工了，我就觉得很奇怪。那时候我就想，如果我接着这么往下走，我可能会成为我自己从小到大都不太喜欢的那种人。

大冰告诉我他在青春期的时候看过一个墓志铭，写的是，他这一辈子都是孩子，但是他永远没有停止生长。他不希望成为老气横秋的人，二十多岁的人像四十多岁的人一样说话做事，他觉得这是很恐怖的一件事情。经过思考，大冰选择了自己想要的生活，他减少了自己的工作量，推掉了很多演出机会，开始了自由的生活。

工作并不是我的轴心。当然，我有很多机会可以身兼数职主持很多节目，然后谋求一个更好的职业发展机会，但是我没有这样做。后面的十年，我基本上是每年只接一档节目。我觉得做好这一档节目就可以了。节目做得多的话，薪酬肯定会高一些，知名度也会更广一些，但是我觉得工作不是我的全部，它所占的比例在我的各种生活份额中达到一个平衡就足够了，没有必要追求太多。就像我们吃饭，一桌子的菜，我们干吗光冲着一盘土豆丝下手呢，为什么不多尝一尝？

大冰告诉我，他的父母都在大学里任教，从不限制他读书。我感觉，通过读书，他很早就了解了自己。其实了解自己比了解这个世界更加重要，因为它可以让你把握自己的内心，在这样一个奔命的时代，这真是很难得的。

大冰在处女作中写了十个人，都是他的朋友，都处在三十多岁的年纪。他们每个人的成长背景和经历是不一样的，很多人会认为他们的生活状态是"亚文化"，可大冰有种找到组织的感觉。

人活一世，父母没法选择，兄弟姐妹没法选择，但是最起码有件事可以选择：一个是生活方式，另外一个是交友方式。你可以选择自己的朋友。我很庆幸我曾是我那些朋友中的一员，如果很年轻的时候没走出那一步，我可能终生与这帮人无缘，我不会对他们这么了解。正因为我走出去了，认识了他们，了解了他们，今天我才能像一个"摆渡者"一样，把他们的信息"摆渡"给主流社会的朋友们听。从他们身上我可以映照出自己的本我，同时可以获得让我自己内心强大的力量。

咱们经常会说，手机就好比人身上的一块肉，意思是没了它就会疼。事实确实是这样，很多人如果没了手机会六神无主，特别害怕跟世界失去联系。可是大冰就认识一位，也是他认识的唯一一个不肯用手机的女孩。他专门写了一篇文章讲述她的故事，名字就是《不用手机的女孩》。

她是一个很特别的女孩子，也是一个很漂亮的女孩子。虽然每个人对漂亮的界定不同，但是相信她是那种放在任何一本杂志的封面上，略施粉黛都不输给明星的人。她长得精致，气质非常好，话不多，北方人。

那时候我在拉萨开我第一间酒吧,那段时间酒吧的生意非常好,所以只供应啤酒,没有茶水。有一天晚上,我到隔壁的酒吧去讨茶水喝,隔壁酒吧的老板正在放音乐,静谧的环境里,那音乐非常美,我在吧台上听得入迷了。等我听完之后才发现,酒吧里还有另外一个女孩子,我们都是捧一杯白开水,一边喝一边听。我就觉得很有意思,但并没有跟她搭话。后来有一天,那个女孩子来我酒吧里边喝酒。她就一个人躲在角落里听我唱歌。我那时候在唱郑智化的《冬季》,那女孩子哭得很厉害,把膝盖都哭湿了。我就过去安慰她。那时候我很年轻,很矫情,伸过去手说:"在拉萨的秋天,是没有人替你擦去冬天眼泪的。"她就哭得更厉害了,说:"老板你能带我出去走走吗?"我想这是什么意思啊,我问她:"你想去哪儿走?"我以为她要出去散散心呢,她说:"你带我去一个比拉萨更远一点的地方吧。"我当时一听就乐了,我想这不是偶像剧嘛!我当时年轻,爱玩,就指着墙上很大幅的藏地地图随便指了一个地方,说:"那不如咱们去这儿好了。"她说:"好呀!"我回头一看,我指的是珠穆朗玛峰。

我当时只是开玩笑的,可是她说好啊,然后起身就走。我也不知道当时怎么了,也可能是那段时间在那里生活,接受了那种很随性的生活方式吧,我就背起了手鼓陪她一起走出了门。那时候已经是后半夜了,快天亮的时候走出了拉萨,然后一直走,一直走,很多天之后我们走到了珠穆朗玛峰的珠峰大本营。一路上基本上是靠卖唱挣钱,搭过两次车,基本上靠走,风餐露宿。到珠峰大本营的时候,我抱着手鼓说:"既然已经到这儿了,我已经完成我的承诺了,咱们俩完成这个任务了,我给你唱首歌吧,唱《流浪歌手的情人》怎么样?"她背着手跟我说:"你给我再唱一遍你在拉萨把我唱哭的那首歌吧,那首《冬季》。这次我不会再哭了。"然后故事就结束了。

很多年之后回头看一看,大冰做了年轻时候该做的事情——"一场说走就走的旅行"。但为什么一定是旅行呢,应该是我们可以涉及的任何一件事情。生命当中小小的奇迹,只不过是把心意变成了行动而已。

大冰有一个兄弟叫大军,是一位流浪歌手,他们曾经一起在丽江街头卖唱。

大军他只会唱歌,别的什么也不会,但是他居然拍成了一部电影。他是零基础,就靠各种查阅,真的拍成了一部电影,后来还获得了某个电影节的四等奖,很厉害。他是一个想到什么就会去做的人,但是从来不会把梦想或者理想挂在嘴上。想做什么就做,认认真真地做,拍完了就是拍完了。他搞了一个看片会,我们看完之后,自此再也不提,甚至也不把它当成与人交流的谈资。

他不是一个实用主义的男人,所以他获得爱情的方式也比较特殊。有一个女孩子,大学毕业的时候认识了他,毅然决然放弃了很优越的城市生活,来当一个流浪歌手的情人,还给他生了一个孩子。大军简直不知道怎么爱她好了。他每天在街头卖唱,一定要先挣够150块钱,无论如何要挣够150块钱,再赚其他的钱。收工之后,他会拿着这150块钱,带着自己的爱人去逛街,买一条花裙子,每天一条花裙子。一直坚持到现在,孩子都好几岁了,还是每天买一条花裙子。他的理念很简单,你爱我,我爱你,那我每天给你买一条花裙子穿。他的老婆怀孕,躺在孕床上的时候，医院里面穿的都是很美丽的尼泊尔的花裙。

他们的生活方式、人生出口、修行法门和实用主义者们秉承的朝九晚五、温饱体验、出人头地没太大关系，他们是天涯过客，江湖游侠，流浪歌手……我很喜欢大冰书中的一段文字：

他们不愿被潮湿的现实裹挟
他们只想用最朴素的真情来迎娶世界
他们住在那些远离繁华却贴近自己的地方
他们的内心随着夜幕下沾满繁星的歌唱而开花生长
他们的好朋友很多很真没有一个是弄虚作假的骗子
他们的故事蕴藏着属于自己的旋律如琴声般悠扬
他们习惯于最本质的沟通
他们不懂得点缀强颜怒色
他们慷慨进献真我来拥抱整个世界
他们简单、真挚、不慌不忙、以梦为马……

大冰丽江的酒吧又即将成功倒闭了，他邀请我那天之前一定要过去喝滇西北的红酒。他看起来一点儿都不担心，依然快乐，因为他在享受生活，因为他有这些永远在生长的孩子们陪伴着……

细节决定成败，读书决定未来

一本《细节决定成败》热销了几百万册，使汪中求的名字家喻户晓。我还记得当年单位统一购买这本书，每人桌上都放着一本。说实话，我没看，因为我内心一直抵触此类畅销书，认为这是配合老板给员工"洗脑"的手段。但是当我看了他的《中国需要工业精神》的时候，我彻底改变了对作者的印象。我深知，这不会是一本特别好卖的书，但里面充满了责任感，大胆的批评和犀利的对比给我们这个时代敲响了警钟。

不过这次请汪中求先生来做节目是因为我读了他关于读书生活的几篇文章，对他产生了浓厚的兴趣。我知道，他成名之后一直都在全国各地讲学，内容多是关于企业文化的。他不断地传播他的理念，那么忙，那他什么时候读书呢？

中国古人读书讲究"三上"，就是马上、厕上、枕上。我把它解释为利用点滴时间读书。把零碎的时间用起来，零存整取，这是个关键问题。没有时间管理能力的人几乎是没有太多时间读书的。

据我了解,近七年来,汪中求基本上一年有一百张外出的机票。他大部分时间都在外头,"在路上"是他的生活方式。他跟我说,很多人工作之后读书就很少了,所以聊读书先解决一个时间管理问题,不然一切都是空中楼阁。

生命是由一节一节的时间段组成的,这个非常重要。我曾经跟很多老板做过一个游戏,我说你以自己一生的时间为基数,减掉已经活过的时间,为剩下的时间买一个比较好的首饰盒,然后在这个首饰盒里装进相应数量的珠子。比如说,中国人平均寿命是七十八岁,我现在五十岁,那我还能活二十八年。一年五十二周,一周放一个珠子,那么二十八年就要存上28×54个珠子。珠子放好之后,每个星期天的晚上扔掉一个。慢慢地,一大盒珠子,很快就剩下不到一半,你就感觉你的生命没有了,你受到的刺激会非常大。

所以说,每一段时间都很重要。我从来不认为半小时是微不足道的时间,我今天来的路上就带了一本杂志读。因为我是这本杂志的专栏作者,所以我要看看它的其他栏目是怎么做的。地铁里面我只能待三十分钟,这三十分钟真正用来看书的可能只有二十分钟,但二十分钟对我来说也很重要呀,来回就四十分钟了。

现在很多人在时间管理上的通病就是经常分不清事情的轻重缓急,所有的事堆在脑子里面,总觉得都是事,所以就很着急,很荒乱,抓到什么就赶快干。其实这是不对的。你首先必须把自己的事情分类,大致分成重要且紧急的,重要但不紧急的,紧急但不重要的,不紧急且不重要的。分成这四类之后,你如果能够把重要且紧急的首先做完,你起码今天一天就踏实了,不乱。然后你把重要但不紧急的也做掉,那你今天一天的时间安排就及格了。如果你再把紧急但不重要的事情也做了,那么你就已经做到良好了。我经常在企业说,计划你的工作,按你的计划工作。读书也一样。你不要认为读书是个很悠闲的事情,如果你不纳入管理状态,这件事就没有意义,就浪费掉了。

上千场演讲磨锻炼了汪中求的表达能力,他讲话非常有条理。他讲时间管理非常在行。他还提出要学会拒绝。人生当中有很多的不必要,所以为人处世要学会说不。汪中求是如何做到的呢?

举个例子,我到一个单位做培训,不会每天都跟他们的接待人员一起用餐。中餐我是让人家送到房间的,哪怕一碗面,或者一盘蛋炒饭。我不在乎吃什么东西,随便给什么吃都可以,那么我最多十分钟彻底吃完。晚餐我也不会每餐都去。早餐我是一直不要人陪的。我经常跟人家说一句话,我说你早餐来陪我,我就一定要按你的时间表起床,如果你不陪我,我愿意什么时候吃什么时候吃,你何必逼我呢。他瞬间就明白了。我就是这样拒绝应酬的。不过话说回来,我有点资格去拒绝别人,说实话这也是很重要的。我知道,不是每个人都有这个机会拒绝,但是有的人有能力拒绝也不拒绝,很多时间就浪费掉了。

汪中求对利用零碎时间很有心得,因为毕竟一生当中有很多时间是零碎的,比如上班路上的时间,开会前的时间,等飞机的时间⋯⋯虽然不能用这种时间做一件大事，但是可以用来处理些小问题，读几页书。

这个完全是一个民族习惯的问题。我坐过以色列的航班，那次航班是北京飞特拉维夫的，乘客里大概有一半是华人，还有四成是以色列人，还有一成大概是别的地方的人。我看到以色列人绝大部分都在看书，当然也会睡觉，因为时间太长。但是他们一醒过来，看书的人占很大比重。而华人当中绝大部分人都是不看书的，当然，有些华人是在处理公务，但整体上看确实跟以色列人有很大的差别。

我举这个例子就是想问问大家，零碎的时间里你究竟在干什么。我并不是强制大家零碎时间一定要读书，但是如果利用零碎时间处理掉一些琐事，也可以换来整块的时间读书。再举个例子，你总会有同学啊朋友啊，不经常联系，他们可能会怪你。现在大家都这么忙，你要专门拿一个上午的时间跟他们寒暄问候是不划算的，所以你可以利用零散时间跟他们打个招呼，沟通一下。

我记得傅雷老先生曾反复提醒儿子：阅读不宜老拣轻松的东西做消遣，应该每年选定一两部名著用功细读，或者字数比较多的，或者意思有些生涩的。读这样的书，你会去思考一些东西。如果不愿意费工夫，只看快餐读物，只进行轻阅读，就不利于境界的提升。对此，汪中求也有他自己的观点。

我认为读书可以有三个境界。第一个境界是用眼睛，就跟街上看美女差不多。这个好看，随便翻翻，感觉舒服，感觉爽，不过脑，也不过心，看过去就过去了。这种读书其实意义不是太大，纯粹就是让五官减少了无聊感，或者说抵抗了寂寞。我身边的同胞们这样读书的其实不少。

第二种读书境界比第一种稍高一点，就是读一些对自己的工作、谋生、社交有帮助的书。这种读书是功利性的，我把它叫作用大脑读书。

第三种境界是用心读书，这种阅读是为了让自己的精神更丰满。比如说读《长恨歌》、《琵琶行》，这种东西你读了没什么显著的作用，你成不了一个语文老师，也不可能从事专门的研究工作，但是读了之后你的精神世界会更充实。这是最高层次的读书。我可以说，身边的同胞们，可能有一半的人停留在第一种境界，三成的人停留在第二种境界，只有极少数，百分之十几的人才可能达到第三种境界。

汪中求在唏嘘之后给我描绘了一个他看到的场景，一个妇女在打牌，她的手臂可能是因为什么原因受伤了，绑着绷带，只有一只手可以动，可是她还是要打牌。怎么打呢，她拿了一个盛月饼的盒子，装了一盒米，把牌插在米上。汪中求说，有那种精神，没有什么事是做不成的。

我理解汪中求的意思。如果人的欲望足够大，任何困难都不是问题，但大部分人没有把欲望投向读书这件事，因为很多人觉得读书这件事情没有用处，所以总是把它排在各种欲望的后面。

我们通常会有身体上的不适和精神上的不适，后者更多，可能突然就不适了。身体的不适可以医治，精神上的不适用什么方法解决呢？有的人抽支烟，喝顿酒，或者找个朋友闲扯，或者出去搞个体育活动，还有一个所有人都适用的方法，那就是读书。通过读书，你可以让自己的心有一个安放的地方。书就像一个魔法盒，你的心放到里面就不会晃荡乱动。这个非常重要。你只要注意观察一下读书的人，你就会发现，他们不太会觉得手没地方放，相对来说比较淡定，不会慌乱。反过来，一个没有良好的读书习惯的人，把他放在一个陌生的环境里，他会不知道如何应对，因为他没有把自己的灵魂安放在一个很好的地方，也没有找到一个好的安放的方法。这就很成问题了。

其实现在很多年轻人都是在新媒体环境下长大的，他们会对各种生动的影像充满好奇心，反而跟文字有了一定的距离。

电视、电影和网络都不能取代书籍。为什么呢？书籍除了故事以外他还有别的东西。比如说，你看了一场电影，那是导演和演员理解过的，他们理解之后表现给你看，也就是说这个东西是他们嚼过的，你处于被动接受的状态。如果你读原著，可能跟他们理解得不一样。而且，看书是一个字一个字地看，你随时在思考，也可以停一停、放一放，也可以回过头来再看一看。但是看电影的话，你只能按他的故事走，他走到哪里你就必须跟到哪里，你不能叫他停下，所以你没有时间思考，匆匆忙忙跟着他跑完就算了。你还以为自己什么都知道了，其实你是不知道。读书就不同了，读书是一个求知的过程，你可以根据你的需要去读，这样就会知道得更多一些。假设一本书有1000卡的能量，读书的话你可以吸取900卡，看电影的话就只能吸取200卡，所以书本不能被新媒体取代。

如果一个民族不能形成良好的读书习惯，损失还是蛮大的，因为国民的好奇心缺失了，进而会缺乏创新精神。

我认为，就读书而言，这个时代不是最好的时代。人们越来越不爱读书，这样下去我们这个民族到底能给这个世界带来什么样的贡献？换句话说，我们中国人一谈到对世界的贡献就是古代的四大发明，那么，第五大发明是什么呢？如果你一直在谈老掉牙的东西，其实在某种角度讲就是在抽自己的耳光。所以，我们必须思考，我们现在干什么？现在这个世界里，到底有哪些新的生产力是我们提供的？当代文明当中有哪些重要的元素是中国符号？这就是很严肃的话题了。再者，如果整个民族读书氛围不浓的话，整个社会公共面就会显得很散、很乱，很多事情也很难统一到基本的标准。价值观的分散会使整个民族的综合力量下降的。

作为一个读者，应该如何选书呢？汪中求的建议是，上网去查一些名家给我们推荐的书；还可以关注流行的书，借此了解这个时代的流行风向；还有一个就是顺着你喜欢的作者的相关线索找，也可以找出很多好书来。对于他自己来讲，最想分享的心得是做读书笔记，正所谓"不动笔墨不读书"。

每年我读完的书，做完读书笔记的应该都在45本书以上。这是我要特别强调的。当然，做读书笔记细分起来还是有很多小技巧的，比如说有门批、旁批，或者单独拿张纸做一个说明。

很多人做笔记是从画线开始的，这当然是一个很好的办法，但是线怎么画也是很有学问的。我觉得最重要的是三种线：第一种线画出什么东西是什么；第二种线画出逻辑关系，比如说这个东西有三个要点，这个东西分四个层次，每个部分的标题划下来，这样你就会有一个逻辑系统；第三种线画出数据，因为这个东西是不能搞错的。

做笔记其实有两个作用，第一，它让你的注意力更集中（不做笔记的人专注度要差很多）；第二，它让你迅速找到过去已经发现的重点。比如《水浒传》我起码读了四五遍吧，第一遍就是看打仗，专门看打仗；第二遍我就晓得看里面的男女关系了，因为进入青年时代了；到了后来我就把它跟历史对照着读了；再后来可能从文学的角度，从人物描写、性格描写的角度去读；到现在为止我还没有研究它的语言，所以我还可以读一遍。这个书是百读不厌，不做笔记你都不知道你的层次到哪儿了。

对笔记做多次、间隔性的整理也很重要。牛是有两个胃的，可以把吃进去的东西倒来倒去，充分吸收营养。这就是反刍。读书也是需要反刍的。我提出过一个概念叫知识使用率，就是有的人很有知识，但是没有使用率，他拿不出来。造成这种现象的原因有很多，其中很重要的一个就是不擅长整理笔记。做笔记是"吃"书，整理笔记是"消化"书。

作为读书节目的主持人，真心希望更多的人能够读书上瘾，这样的话无论对个人，还是对家庭，以至于所在的群体，还有我们整个社会，都是一件有百益而无一害的事情。

大哥范儿的吕良伟

在我采访的嘉宾当中，吕良伟应该是最有大哥范儿的一位，举手投足，言谈举止，活脱脱刚从电视剧里蹦出来的角色。

访谈是在一个周末进行的，按照惯例，嘉宾的车是不能停到我们院里的，但当吕哥打电话给我的时候，车已经停在了我们大门口的正前方。我问司机："门卫没拦你吗？"

"没有，直接放行。"

我当时头脑中就出现了《上海滩》中丁力的镜头。也难怪，六米长的车，估计保安还没有回过神儿吧。

接着，从车里走出来一位戴着墨镜的大哥，缓缓走入大厅。他的身材依然挺拔，轮廓依然分明，整个过程就像慢镜头一样，根本看不出过来的是一位年过半百的男人。接着就是有力的握手，不愧是从小就习武的人，握手时能感受到特有的力度。尽管吕哥气场很足，但和他聊起天来感觉还是分外轻松。

吕良伟从小在广西长大，他家所在的地方离越南很近，只隔着一座桥。父母都不会说越南话，他只用了三个多月就把越南话全学会了。那时候他只有八岁，非常调皮，是名副其实的孩子王，在外面经常打架，在家里也是挨爸爸打最多的一个。

最怕揭开的童年记忆就是骑摩托车出了车祸。我们三个小孩子骑一辆摩托车，结果出了意外，一位小伙伴丧生，另外一位重伤，而我在右脸上留下一道深深的伤疤。这件事情对我的影响非常大，那段时间非常自卑，看到摩托车会有恐惧感，到现在都不敢开摩托车，开汽车也不会开得太快。

十一岁应该是吕良伟的一个人生转折点，并不是因为车祸，而是因为搬家。越战致使他家举家迁往了香港。在这之前，他的家境还可以，有两部车子，还有一些用人，到香港之后，大家觉得饭菜没有从前那么丰盛了，甚至连学费都成了问题。

1973年6月的一天，香港九龙培道中学教务处收到了该校一位同学的退学申请，原来这位同学的母亲不幸患上绝症，为此他不得不终止学业出去打工挣钱。这样可以减轻家里的负担，同时还可以照顾母亲。这位同学就是吕良伟，那年他十七岁。

在做这个决定的时候，母亲是反对的，老师是反对的，其他家人也都是反对的。我的想法是我读不完书不要紧，只要我自己努力，肯定能干一番事业出来，等我事业有成，再重头读书都可以。

吕良伟在爸爸的场子里帮他打工，但是每天都无精打采。爸爸也知道他不适合做这份工作,所以去拿无线培训班的申请表给他,鼓励他去做演员。

确实是我爸爸推荐我做这行,因为我从小就喜欢在叔叔阿姨前面表演,我爸说看得出来我有这个天分,就鼓励我去考这个培训班。我考中了,成为第六期的学员。

当时的无线培训班是什么概念?我们看到的非常有名的香港影视演员都是从那里培训出来的,比如周润发,他是第三期的。之后的刘德华、梁朝伟、周星驰、刘青云等,都是那个培训班的学员。当时,考进那个班非常难。

我记得是三千六百多人考,最后有三十二个同学录取了。当时考的时候很有意思,我没有怯场,唱了一段刘文正的歌曲,然后打了一段拳,结果没有想到非常顺利地被录取了,很多人考几次才能被录取。

录取的时候我自己也非常惊讶,我记得一收到无线电视台的录取信,我马上冲到我妈妈面前告诉她这个好消息。那时候我跟妈妈说:"你看无线多有眼光,他们录取我了。"

吕良伟是母亲的二儿子,也是她一辈子最大的骄傲,母亲曾不止一次在人前人后这么说过。尽管他非常孝顺,但也无力把母亲从死神身边拉回来。吕良伟在二十多岁时失去了母亲。母亲弥留之际时,他在病床前守了三天三夜,一口饭没有吃,累得昏过去。不过他永远是母亲的骄傲,那部与周润发合作的家喻户晓的《上海滩》,现在还在为无线赚钱。

无线培训班结业后,我们一共二十八个人毕业,当时只有十六个人能签约。我跟老师说:"我给自己两年时间,如果能在这个行业里面有发展,我就继续做下去;如果成就一般,我就马上退出来,转行做别的事情。我不希望在这里浪费青春,因为家里各种责任都要我承担。"说完以后我就很努力地去拍戏,每一个机会我都不放过,结果在十个月左右我就做了一个单元故事的男一号。

一个小机会会带来多几个小机会,小机会多了就变成了大机会。直到有一天,我在《网中人》里边演周润发弟弟的一个朋友。就是因为这个角色,监制看中了我,他觉得我适合他即将开拍的《上海滩》里面丁力这个人物。

拍这部戏的时候,我和周润发都很辛苦。我们轮流休息,一个在服装间,一个在化妆间,要出发的时候他开车,我睡觉,等我睡醒的时候就换我开车,他睡觉。电视台到拍戏的现场有一段路,大概要走40分钟到一小时,我们利用这么短暂的时间来休息。

但是在演完《上海滩》之后,吕良伟的人生跌入了谷底。为什么这么说?他处在了一个尴尬的地位,那时候他只有二十五六岁,成名挺早的,应该继续创造辉煌的业绩,但是无线高层觉得他应该去带一些更新的人。

因为那时候他们都想捧红"五虎",就是汤镇业、苗侨伟、黄日华、刘德华还有梁朝伟。他们刚出道,比我新太多,高层觉得我已经成名了,应该用我的名气把这些新人带出来。所以后来梁朝伟、刘德华都跟我合作过,但是目的是捧红他们。那时候我就觉得公司对我不是很好。

身为演员,拍戏不仅辛苦,有时还挺危险。据说周润发在拍《喋血双雄》的时候曾被碎石伤及左眼,血流如注,吓坏了在场所有工作人员。成龙更不用说了,他坚持不用替身,完全靠真功夫,因此受伤无数,几次险些搭上性命。吕良伟也有过危险的遭遇,早年和刘德华演对手戏的时候,他差点被箭射穿脑袋。

这件事情想起来还是有点后怕,那是真射啊,如果我弯腰的动作没完成,半途起来,我就中箭了。真的是太危险了。我当时想不通为什么会真的射出来这一箭,我现在想那个后果真的是非常后怕,但是说真的,还是有福气吧,我真的把这个动作完成了,弯腰弯得很低,去捡那个东西,不然就出人命了。

在人生跌入谷底之后,吕良伟并没有放弃,一直在坚持,直到迎来自己另外一个黄金时期——主演《跛豪》。通过自身的努力,吕良伟从丁力到跛豪,在荧屏上塑造了一个个硬汉形象,之后又大量拍戏、拍广告,到处去演出,让自己的演艺事业硕果累累。

除了拍戏之外,吕良伟还是一个成功的商人。在北京出租车里能看到的小触摸屏幕是由触动传媒运营的,很多人不知道吕良伟是它的创始人和股东。我们知道香港娱乐圈很多艺人在赚钱之后都会进行投资活动，比方说炒楼、卖衣服、开餐馆、开酒吧，但是吕良伟选择了一个全新的朝阳产业。

其实这个思路源自我的太太。我太太一直是做生意的，经营企业，所以她的看法跟我们做艺人的有很多不一样。我通过跟她交往、沟通了解到，我们要做一份事业不光是赚钱这么简单，还得看它的发展机会有多大，前景广不广。

在2002年的时候，我的好朋友从美国到了无锡，那时候我在拍《金手指》，他就过来找我，拿着这个触动传媒的项目。他说，项目解释起来很简单，就是在出租车上面装一个电视机，卖广告。他要做这个，他觉得非常好。我跟他聊了三个晚上，觉得这个事业是可以发展的，所以就第一个投资给他了。发展到今天，项目的影响力已经显现出来了，我们坐出租车的时候，如果遇到堵车，坐在车里几十分钟是非常无聊的，如果有这样一个平台填补这段时间的空白，是非常棒的。你可以在车上看一些资讯，看看最近的电影、音乐，再看看政府有什么公告，有什么公益活动在进行。

在拍戏、做生意之外，吕良伟还热衷公益事业，他已经建立多所希望小学，资助了几十位贫困大学生，也是中国法律援助基金会的形象大使，并且出资成立了法制阳光基金。这让我们看到一个不一样的吕良伟——不是"黑道大哥"，而是亲切的"慈善大哥"。

第二辑

往 事

- 人艺的故事
- 他们的配音生涯
- 不一样的看守所印象
- 大发展时代的日本
- 乡愁是一弯浅浅的海峡
- 现代名捕的破案传奇
- 抑郁处方

人艺的故事

人艺的资深编剧梁秉堃先生已经七十多岁了,刚刚走入直播间的时候,我还有些担心他的状态,但当那些往事流淌出来的时候,我庆幸自己做了一个正确的决定。他是一个特殊的历史见证者,在话筒前他打开了六十年的记忆,说着那些人,那些事,让我重温了前辈们对艺术的执着追求。

人艺有两个地标性建筑,一个是史家胡同56号家属院大楼,一个是王府井大街22号首都剧场。一个是演戏的地方,一个是休息生活的地方。

说起人艺,还有老人艺和新人艺之分。老人艺的成立是在新中国成立之后没几个月,应该是1950年,那时候演了一部戏叫做《长征》,李伯钊写的,于是之演的,很轰动,从那以后老北京人艺就成立了。老人艺的节目包含歌舞、杂技、话剧几大类。随着时间的推移,到了1952年,国家精神文明建设的经验也越来越丰富了,这时候有一位领导提出来,要建立一个专业的话剧院,这个人就是周恩来总理。

周总理在南开中学就演戏剧,而且是演女角,因为那时候男人演女角是很普遍的,女人根本不许上舞台。总理形象很好,他演了不止一个戏的女角。他还是南开新剧团的副部长,曹禺也在那里面演女角,所以总理老管曹禺叫老同学。

后来我们就问曹禺:"你跟总理是同学吗?"他说:"那是总理客气,他比我们大得多,但是我们是校友。"总理当时也写了关于新剧的文章,曹禺很赞成他的主张。举一个例子,新剧要担负社会责任,这是当时总理文章中写的,曹禺实践当中就是按这个做的。所以总理点名建议由曹禺来做话剧院的院长。

周恩来对人艺是非常的支持的。有一次看完表演,接待完外国友人之后,他主动提出要到56号院看一看。梁老先生记得很清楚。

他问我们平常上班走多长时间,我说走15分钟。他的车就停在楼下,那时候已经凌晨1点钟了,但他坚持要和我们走走。沿路就是聊天,比如问我们拿多少钱,还问剧院演戏卖票多少钱。我们说卖一块钱一张。他马上就想工人现在每个月的平均收入大概是60块钱,他说你们这个票价还可以。他在考虑工人是否买得起,他考虑得很细致。后来谈的一个中心话题就是年轻人一定要经受风雨的考验,我们印象最深的是他指着我们厅里的一盆海棠花说,你们可不能学海棠花,你们要经风雨,以后的任务很重。他这次来,所谓的散步和谈心,是有目的的。

曹禺和老舍先生都是梁秉堃的老师。梁秉堃1954年来到剧院,那时候十八岁,在人艺做了很多事情,做过灯光管理员,还做过演出处的秘书,做计划、总结、组织工作,再往后就做了演员。

那是20世纪60年代初,人家说我们剧院是"郭老曹剧院",就是演郭沫若、老舍、曹禺的戏比较多。郭老曹那时候年事已高,于是剧院就开始找接班人,我就在其中了。

找接班人就是培养编剧。当时我就找老舍先生商量,我说您看这活我能干吗,他说你别一棵树吊死,多搞几样,你年轻,你完全可以改行。于是,院领导就把我正式调到文学组,改做编剧了。

说到这里,我还得说说我另外一位老师——曹禺。虽然曹禺是院长,但是他本身是剧作家,所以他分管剧目,特别是创作剧目。曹禺老师管得很细。每次我们出去采风回来,他都特别喜欢听我们说,一听就没够。因为他当时兼职太多,不可能有那么多时间出去采风,所以就希望我们年轻人出去多跑跑,回来说给他听。他还教我们一个搜集素材的方法,那时候我去工厂多,他就告诉我,到了一个工厂,先问厂子里谁最能聊,这个很重要,先找能聊的,通过这种"大嘴"了解工人们的生活。

曹禺老师教我的第二个方法就是打听厂子里最近出的新鲜事。后来我想,这实际上都是曹禺老师一辈子的经验。我觉得文学大概就是这些,就是写特殊的故事,你要是写很普通的故事,没有传奇性,就吸引不了大家。

曹禺老师说的这两条并不见得在哪儿写过,但是很实用。后来,于是之当我们院长以后,我们还继承这个传统,下去采风的时候让最能说的人放开说,我们选素材。我们给曹禺老师起了一个外号叫"神枪手",他真是大师,他对戏剧的结构、组成、语言、故事、人物实在是熟悉。

梁秉堃是非常幸运的，能得到曹禺和老舍两位大师的亲自指点，获此待遇的全中国都没几个。

我的第一部作品是一个相声，叫《查卫生》，就是老舍给我改的，而且是老舍给我推荐发表的，这使我终生难忘。在这方面他太有学问了，改到什么程度呢，他把我的语气助词都改了。比如说有的地方我用的是'啊'，他说你不如用'喽'，他说'喽'响亮，'啊'往里收。按说，换成一般人，对这些事都忽略不计了，因为是助词。他却那么认真，对年轻人特别爱护，手把手教。我再说一个例子，也是我终生难忘的。我们都管他叫舒先生，不叫他老舍先生。有一次我问："舒先生您能不能给我透露一下，好台词的条件是什么？"我就是想偷师。他告诉了我四句话。第一句话，说着上口。演员说你的台词的时候要上口。现在有一些句子太长，演员说起来很难，而且里面净用些人家都不知道怎么回事的拗口的词，演员说起来就找不到感觉。第二句是听着入耳。这个说起来容易，但是做起来难，我到现在为止都觉得很难。第三句话很重要，是容易记住。你看经典台词都是容易记住的。第四句我觉得更精彩了，是不忍心把它忘掉。他的剧本里就有很多这样的例子，比如说《茶馆》里他写的抽大烟的那个唐铁嘴。'英国的香烟，日本的白面，两大强国伺候我一个人，够福气吧。'我当时就问他，先生您这个是怎么琢磨出来的。他就说："'英国香烟，日本白面'是生活里面有的，第三句'两大强国伺候我一个人，够福气吧'是我编的。"他解释了一句说："这样无耻的人就得说这种无耻的话。"这种学习，恕我直言，比大学课堂里亲切得多。

我写台词的时候就想起这四句话，真是终生难忘。我再随便举一个例子，就是《茶馆》里有一个马五爷，一直在茶馆一个人坐着喝茶，一句话都没有。二德子和常四爷在里面冲突起来了，就是为了几句随便的话。这时候马五爷站起来了喊了一句："二德子，你威风啊。"就这一句话，人物出来了，了不起。咱们写六车都不一定出一个人物。他之所以能做到，一是熟悉，二是技巧太高明了。这里有一个故事。当初我们演二德子的人，按现在的话说，也是腕儿，就是童弟。童弟演的时候嫌自己台词少，他就这么一句"二德子你威风"，他觉得少点，他说干脆我加一个字，改成"二德子你好威风"。他也没跟导演商量，因为导演没发现。他就这么一直演下来了，等到"文革"时，我们的戏被批为"大毒草"。后来四人帮垮台了，我们又演这个戏，童弟悟道，他多加这个字是错的。有这个"好"字是允许威风，要没这"好"字是根本不允许威风。十多年以后他自己悟出错了。

梁秉堃的讲述依然带着崇敬的口吻，他觉得剧作家的语言应该经得起推敲，而且简练。这跟剧作家大量体验生活、注意观察并且海量阅读有关系。梁秉堃讲了这样一个故事，英若诚，也就是英达的爸爸，曾经在清华学习。他去清华图书馆找文艺方面的经典来读，后来发现一个规律：每一本经典都被两个人借过，一个是万家宝，也就是曹禺，另一个是钱钟书。

说到读书，不得不提一个演员，就是于是之，梁秉堃说他们两人的关系是半师半友。于是之是一个爱读书的人。

我读书受谁影响最多？就是于是之。在60年代初期，我们在一个组写剧本，他问我，你看什么书。我说很杂，没什么计划，碰上什么就看什么。他说我给你出一个招，你一个礼拜看一个经典剧本，不仅仅是外国的，也不仅仅是是中国的，古今中外的都要看。我很爽快地答应了，觉得应该很容易。一个礼拜七天，看一个剧本，一般的剧本都是五万字以内，两三万字的比较多。我觉得不成问题。可是等我看起来以后，我觉得这事可不简单，因为你不是欣赏，你是学习，你还要记笔记，这可就不那么简单了。尤其是好的剧本看一遍是不行的。那时我才真正感觉到他给我定了比较好的学习指标。如果我现在还有点底子的话，就是那几年打下的基础。你想一年五十二个剧本，而且还是经典的，三四年就是两三百个剧本了。我还真是坚持下来了。我常常在看了一个剧本之后跟他交流，他指导我那个本子好在哪儿，这个为什么是那个时期的代表作，他给我做分析，因为这些书他基本上都看过。这也很重要。

人艺有一个很重要的传统，就是爱读书。提到读书这件事，曹禺说："人艺首先是文学院，成员不读书怎么能成文学院，你们的知识面必须广，知识底子薄的人不能写出好的剧本，也不可能演出好的角色来。"

记得海明威曾经说过，你写的作品仅仅是冰山露出水面的一角。言外之意就是八分之七全都在下面，而读者能够通过露出的八分之一感受到藏匿部分的力量。曹禺院长对人艺创作人员们的要求正是如此吧。

七十多岁的梁老师还一直坚持读书。书籍是很多艺术形式的本源，让书籍成为我们的好朋友，人生就不再纠结了。

他们的配音生涯

邱岳峰、毕克、李梓、童自荣……这些人的声音影响了几代人，至今依然回荡在我们耳畔，可谓坚实、饱满的金石之音。那一代的配音演员无不凝聚了丰沛的才情，好像他们的七情六欲全都倾注到配音生涯中，用声音展现着人性的魅力。

经朋友介绍，我认识了苏秀老师，她既是优秀的配音演员，也是配音导演，曾担任过《虎口脱险》、《少林寺》等几百部优秀影片的译制导演，我希望听到她和配音演员们的幕后故事。

作为一名粉丝，在去苏秀老师家接她的路上，我很激动，同时也很担心，毕竟她已经八十六岁了，是否可以顺利完成采访呢？见到苏老师，一对话，我心里踏实了。她思路极其清晰，往事历历在目，声音饱经沧桑，里面蕴含着我所熟悉的上海电影译制厂（简称上译厂，下同）的味道，一下就让我沉溺到了那个年代。

大多数的译制片爱好者可能早就知道了毕克、邱岳峰、童自荣这些名字，但是对陈叙一的名字较为陌生。事实上，陈叙一是中国电影译制事业的开拓者，正是因为有了他，才有了上译厂影片的高质量，才有了一代又一代被观众喜爱的配音演员。

你很少看见陈叙一的名字在银幕上出现，他也确实从来没有配过音，那是因为他把自己掰开揉碎了，放到电影里。那时候，上译厂出品的电影里都有他的影子。他这个人非常低调，不管是报纸还是广播、电视，人家来采访，他一次都不肯接受，总是把我们演员推出来。

我觉得他是个敢于为事业献身的人，因为翻译片这个东西新中国成立前是没有的，所以谁都不知道到底该怎么做。我觉得他踏进翻译片组那一天起，就把自己整个儿交给这项事业了。

他像其他人一样早晨八点钟上班，但是我觉得他没有下班的时候。很多主意是他晚上想起来的。我可以讲给你一件事情。《简·爱》里头，在花园里那一段台词："你以为我穷、不好看就没有感情吗？我也有的。如果上帝赋予我财富和美貌，我一定要使你难于离开我，就像现在我难于离开你。上帝没有这样，我们的精神是同等的。"简·爱说的"我跟你的精神是同等的"这句话，原来的台词如果直译的话，就是"我跟你的精神是互相对应的"，但你如果这样翻译，观众就不能理解，听着有点费劲了。那么他就冥思苦想该如何表达，想到什么地步呢？他洗脚的时候觉得今天怎么这么别扭啊，一看，没脱袜子。

影片从一国文字翻译成另外一国文字，有各种各样的方法，可以有很多选择。那么，怎样才能符合这部影片的风格，才能符合这个人物的性格、身份，这是要推敲的。比如说《尼罗河惨案》，最后那个"悠着点"，原来翻译翻的大概是"慢慢来"，后来改成了"别着急"，意思是不错的，但就没有"悠着点"有味道。这句话甚至在后来变成流行语了。

还有《加里森敢死队》里的"头儿"，这个词儿也是陈叙一想出来的，因为他觉得这帮人是乌合之众，叫"长官"不对，他们又不是士兵；叫"先生"呢，咱们中国观众也难理解。它原文是"Yes, sir"，我们中国人里面没有管这种身份的人叫先生的，味儿不对。陈叙一就冥思苦想，叫什么合适呢？想来想去想出"头儿"这个词儿，大家一听，就是这个味儿！非常口语化，后来也成了流行语。

陈叙一是上译厂的创始人，老厂长。他刻苦钻研业务，对译制导演的要求也非常严格，因此苏秀老师在这样的环境下养成了一丝不苟的办事风格，对业务要求精益求精，而且必须创新。

大家看过《少林寺》吧，那时候要童自荣给《少林寺》里面李连杰那个角色配音，我就提出来："小童，我不要你的佐罗腔。"因为童自荣给《佐罗》配音，那个角色确实深入人心，但给《少林寺》配音的话必须改。

我说佐罗是一个很帅的侠客，所以你那个华丽的声音，包括你那个很帅的读词方法，跟佐罗是吻合的。但是《少林寺》里的男主角是个野小子，是个乡下的野孩子，他一点都不能帅。我也不要你的声音很华丽，这个人物应该朴实。

苏秀老师跟我讲了很多关于童自荣的故事，她有一个评价，说童自荣恐怕是最用功的一个配音演员了，就连一段戏要念上六七十遍的尚华老师也不是他的对手。我很难想象，那得到一个什么样的程度啊。

他可以说不闻天下事，永远钻在自己的那个"壳"里头。我们看电影或者开会的时候，大家多半在闲聊，而他在看剧本、背台词。他时时刻刻都在看剧本、背台词。

等到后期的时候，我们就开始用磁带录音了，这样做的好处是，这段戏录得不好，或者说错了什么，可以擦掉。所以一般我们准备戏，大概就准备个七八成吧。但是他从进棚开始，一个字都不带说错的。每次都这样，一个字都不带说错的，所以我说连尚华都不是他的对手。

童自荣是配音王子，我从小就很迷恋他的声音，那声音真的可以用"高端，帅气，上档次"来形容。大部分人会说："声音正点，天生的。"但是他的用功也是少有的，所以他的成功就是一个必然。

童自荣不仅业务好，戏德也好。在20世纪80年代末的时候，上海电视台有一部系列剧叫《欢乐家庭》，苏秀是配音导演，童自荣也参与了配音工作。那个时候其实自荣已经是闻名全国的配音演员了，配音界的大腕儿，但是在现场，竟然有晚辈对他指手画脚。苏秀给我回忆了那段往事。

有一场戏，三个男的，领两个女孩，五个人。童自荣平时不是一个很幽默、很外向的人，他配音的这个人物却有丰富的喜剧细胞，而另外一个演员是演滑稽戏的，他就觉得我给童自荣提的要求童自荣没理解，就在那儿指手画脚地去给童自荣讲戏了。

我当时就很紧张,怕童自荣下不了台,觉得我是个老演员,你个毛头小子懂什么。结果童自荣一点都没发怒,甚至没有一丝一毫的不高兴。他听得很认真,很虚心,所以我觉得他的戏德非常好。

童自荣在2005年退休之后,还一直关注着译制片的事情。我们知道,那个时候,译制片已经陷入了一个低谷,但是他在这方面的热情有增无减。他老是说一句话:"老厂长创下的这番事业不能毁在我们手里。"

说到配音,很多人都觉得首先得有一个好声音,天赋可能占到百分之八十,但是邱岳峰是个例外。他为很多知名度很高的作品做过配音,最著名的应该是《简·爱》,他为罗切斯特配音。当时的同事是怎么看他的呢?

他的声音一点儿也不好听,他还不服气,拿了一封观众来信给我看,他说你老说我声音不好听,你看人家观众怎么说的,说我的声音像大珠小珠落玉盘。我说我都快昏过去了。

我在想,为什么大家都说他声音好听,可能是因为他用声音塑造的人物比较精彩吧,能给人一种艺术上的美感。像《简·爱》中的罗切斯特,一个有怪癖的英国绅士,表面粗暴,但内心又视简·爱为知己。他是一个非常有教养的人,但是又盛气凌人,很矛盾。邱岳峰能把这些矛盾都融入到声音当中表现出来。

我觉得他的窍门可能有两方面，一方面他文化底子很深厚，会一些古文，理解力特别强。邱岳峰哪儿有过庄园啊，他家一共就那么十六七平方米，他哪儿能切身体会大财主、大绅士的奢华生活？这个完全要靠想象。深厚的文化底子支撑了这种想象。另外一方面，我觉得他的表达手段也很丰富。他不光是一个配音演员，他还有另外一种工作：口型员。这个工作外人看来是非常枯燥的，就是演员按照翻译翻的台词去念每一句话，让导演感觉符不符合人物的神态，符不符合人物的动作，长短符不符合口型。这个枯燥的工作他一直做到生命的尽头。

苏秀在当配音演员的时候，对工作也是非常痴迷的，当年《孤星血泪》里面那个老处女就是她配音的。这个人物的心理是非常阴暗的，她是如何把握的呢？

这种阴暗心理，我没有。那我怎么演绎她的这种心理呢？我就想象自己是生活在那样一个充满了灰尘味、老鼠屎味的地方，周围除了烛光都是黑咕隆咚的。

另外，我也要想到，我在结婚的当天被新郎抛弃了，我要走出去，人家都会在背后议论我，所以不愿意走出去。

当时我努力让自己进入到角色里面去，那几天我就不敢随便跟人开玩笑，我怕我这种感觉跑掉了。所以那几天在家里，我老伴跟我说话，我就瞪着眼睛看他，但并不知道他跟我说什么。

其实不光我，刘广宁给《尼罗河惨案》配音的时候，配的是一个凶手，她就去琢磨凶手的心理。

还有童自荣想角色想得闯了红灯,让一个大卡车撞飞出去了一丈多远,好危险的。

听着苏秀老师回忆往事,我不禁想起了那句话:"不疯魔,不成活。"卓越的成就源自对自身的苛求。

后来苏秀老师做了译制片导演,最具轰动效果的作品要算是《虎口脱险》了,其中的配音在今天来看依然精彩。他们当时是怎样运作的呢?

我们厂是这样的,每来一部新片子,全厂都看。那个时候,不知道这个片子讲的是什么,看《虎口脱险》的时候,看见里面有纳粹的飞机,有枪炮声,觉得这是一个战争片。看到后面,飞行员从飞机上掉下来跳伞的时候,下边是一个老虎山,音乐又变成节日的旋律了,所以大家都不知道这个戏是讲什么的。反正后来看电影的人都笑了,确定这是个喜剧。

我当时就想,最好这个任务给我。后来这部戏真的给了我。

我觉得喜剧是有更广阔的表达天地的,但我觉得,喜剧并不是从台词上夸张,也不是从感情上夸张,而是夸张在情节上。比方说余顶配音的那个油漆匠,五十多岁了,都秃顶了,但是他在说:"我要刷子,我还缺油漆。"我跟余顶说:"你要像幼儿园的孩子跟妈妈发嗲说'我要雪糕,我要奶油味的'那样说。你按照这个情绪去配,就能形成喜剧效果。"一个五十几岁的老头子,像一个四五岁的小孩那样发嗲,喜剧效果就出来了。这个是我琢磨出来的。

上译厂这帮人,他们也骑脚踏车,也买大白菜吃,也打月票上班,读着相同的报纸,他们活得跟每个中国人一样,为什么他们能够进入《简·爱》、《战争与和平》、《悲惨世界》,给我们留下这么多难忘的回忆呢?那是因为他们确实把自己的一生都奉献给了配音事业,而且是无怨无悔。

苏秀和他的朋友们给这些声音赋予了生命,并且让这些丰盈饱满的生命伴我们一路前行。

不一样的看守所印象

2009年，出现了一个震惊全国的"躲猫猫"事件，一时间媒体上出现了"喝开水死"、"针刺死"、"呼吸死"、"洗澡死"……中国看守所成了被调侃和诟病的对象。我相信，看守所作为监管场所，肯定有一个特殊的文化场，也存在着与主流文化相悖的不良文化。

看守所的不良文化往往传播得更加迅速。这个不良文化包括两个部分，在押人员的不良文化和监管民警的不良文化。在押人员的不良文化的主要表现是在押人员的不良习气：脏话，暗语，打架，闹监，传授反改造经验，等等；监管民警身上的一些不良文化主要表现为依靠在押人员管理监室，对牢头狱霸姑息迁就，接受在押人员家属的贿赂和请托，对送了红包的予以关照，对在押人员缺乏人性关怀，有事无事三分罪，还有的管教心情不好就拿在押人员出气，言语诽谤。

孙晶岩是一位作家，多次深入中国的监管场所采访，20年前曾就中国女子监狱写过很轰动的文章。在完成了为期两年的中国作家进警营活动之后，她走进了我的录音间，这回她要为那些背黑锅的监管民警们说几句公道话了。

我先说一个发生在玉树看守所的事儿。前两年，玉树地震，时间是7：49。那时在押人员刚刚起床，他们的住所尽管没有坍塌，但是有一些房屋开裂了，而且围墙倒了，还是有一些潜在的危险。当时的民警比较少，一百零八个在押人员，只有八个监管民警，比例是六男二女。对于一个没有围墙的玉树看守所来讲，一个很大的问题就是会不会产生暴动，或者说逃跑。

玉树和北京是有一个多小时的时差的，地震的时候监管民警都没有吃饭，都饿着肚子，但第一时间马上把这一百零八个在押人员安全地转移到了开放地带，之后民警们做的第一件事是什么呢？

杀羊。

地震以后压死压伤了三十多头羊，民警们杀了几头羊，煮了三大锅羊汤，首先给这一百零八个在押人员吃，还给他们熬了粥。监管民警从早上7点到半夜12点一天水米没有沾，因为他们搞监管，还要照顾在押人员的休息。当时没有一个单位能马上腾出地方作为一百多人的看守所，所以他们就找了一个蔬菜大棚。地方解决了，可是缺少被褥，那种情况下，到哪儿买也买不到一百多套被褥，最后监管民警从废墟里扒出被压的被褥，每个人的手都扒得鲜血淋漓。后来，这一百零八个在押人员吃饱了，睡着了，监管民警才每人分了一碗面，那已经是半夜12点了。

听着孙晶岩的讲述，我在想，能做到这样，难度挺大的。如果没有之前的良好的交流，或者说他们在现场应急不利，很可能出现一些恶性事件。

杨宜冰是海淀看守所的管教,那里有一个特别大的特点,就是少年犯比较多,所以他被称为"管教爸爸"。管教少年犯需要更多耐心,杨宜冰几乎是把自己的全部爱心和耐心都献给了这些误入歧途的孩子。在他负责的二百九十多个孩子当中,在某个时期,有一百多人都得了皮肤病,很多人都得了疥疮,奇痒无比,晚上睡不着觉。杨宜冰是怎么解决这个问题的呢?孙晶岩给我讲了他的故事。

杨宜冰对这些孩子真是像父亲一样,看到这些孩子得疥疮了,他是真心疼,想方设法要给他们治好。我也学过医,我知道疥疮难治极了。杨宜冰为了把孩子们治好,到处想招,最后终于打听到电力医院有一个老大夫会治,他就找到他,说您帮我一个忙,您把您这个方子告诉我。人家说,这是我们家家传秘方,从来不传人。后来他就哀求人家,说我们这些孩子太可怜了,他们是在押少年,我不可能把他们带出来,您就算行行好帮他们一个忙吧。最后人家破例把这个家传秘方告诉了杨宜冰。看守所没有这笔费用,他就自己掏腰包,花了四千多块钱买了中药,回来以后把它用浓度为75%的酒精泡好,每天督促生疥疮的孩子洗澡,换衣服,晒太阳,涂药。

涂药不是一件简单的事。生疥疮的部位比较私密,杨宜冰就把孩子们一个一个叫进厕所,帮他们涂,涂好之后叫下一个。那种细心程度真的就像父亲爱护自己的孩子一样。

我在海淀看守所亲眼看到一个释放了的少年和妈妈一起千里迢迢坐着火车硬座从吉林的公主岭跑到海淀,就为了看一眼杨宜冰,看一眼杨爸。她说儿子现在有点出息了，才有脸来见您，我来谢谢您了。然后我还亲眼看到杨宜冰把自己身上穿得很好的羽绒服脱下来，送给那个孩子，因为他看孩子穿得单薄。杨宜冰的妻子也特别好，陪着杨宜冰一块儿上街给孩子买了新书包，还买了一只烤鸭和一本书送给他。

作为一名监管民警，杨宜冰的收入并不是很高，能做到这样是因为他有着非常强烈的责任感，并且有爱心。

孙晶岩还跟我讲述了一位不怕死的管教的故事，故事和主角就是西城看守所的常志强。为什么说他是不怕死的管教呢？因为那里出现了艾滋病患者。

在这里说明一点，世界上的看守所都不关押艾滋病患者，因为存在一些隐患。但是西城看守所每年都要收押一些艾滋病患者，那里有一个艾滋病监室，最多的时候关押过13个此类疑犯。这是一个特殊的群体，正常人不愿意接触他们，见了都会绕道走，更别提监管了，领导也为谁来监管艾滋病监室发愁。这个时候，民警常志强站了出来。

艾滋病在押人员有一部分人是破罐子破摔，常常不服从管理，给管教民警出难题，其中有一个人叫郭华，患有艾滋病，还吸毒。

郭华进来的时候十分不听话。他身上藏了28片药，毒品，还有68块钱。当时他就觉得我身上有艾滋病谁敢来碰我，所以他偷偷藏在内裤里，觉得没有人敢检查他。常志强不怕死，硬是把它搜出来了，所以郭华就特别恨常志强，故意刁难他。郭华毒瘾一犯就到处吐，还在床板上小便，甚至把大便往墙上抹。

说实话，就连他家的人都不待见他。常志强怎么待他呢？他亲自用卫生纸把大便收拾了。最后连犯人都看不过去了，说常管您别干了，我们干吧。他说不用，我自己来。常志强亲手把房间打扫干净，然后把郭华拉到水龙头前，督促他洗澡，洗完之后又给他送换洗的衣服。

还有一个问题。郭华来的时候身上长了疮，不断流脓，血跟脓黏在衣服上，衣服脱都脱不下来。医生捂着鼻子跑了，常志强就亲自拿棉签蘸着药一点一点帮他涂抹。

郭华当时是闹绝食的，你不是让我戒毒嘛，我不戒，我不吃东西，我折磨自己。最后还是常管给他做工作。循循善诱之下，郭华终于听话了，还真戒掉了毒瘾，而且皮肤不再溃烂了，疮面也开始结痂了，变得光滑了，最不可思议的是消瘦的身体也开始发胖了，监舍人给他取了一个外号叫小胖猪。

在与孙晶岩的整个谈话过程当中，令我比较有感触的是一个叫王登效的案例。他二十多岁就不愿意念书了，死活非要出来打工。他唱歌非常好听，喜欢到歌厅打工。有一次，在歌厅里，正好有一个客人不讲理，朝门上乱踢乱蹿，他去制止，发生口角，最后和这个客人打起来，出了人命。他的母亲得知儿子出事之后，第一反应是领着孩子跑，把他从丹东领到亲戚家躲起来了。他们前脚刚到，警察后脚就去了，把两人全抓了。结果，儿子是伤害罪，母亲是包庇罪，一同关在丹东看守所，母亲关在二监室，儿子关在十四监室。

同案犯不能相见，尽管都在一个看守所。这个母亲一夜之间愁白了头。女监是在整座楼的最里头，民警提审她，她往外走的时候要路过儿子的监室。狱警带走她的时候，她装得若无其事，可走到儿子监室的时候，她突然挣脱了民警，趴到儿子监室那边。因为那个大铁门是关着的，她不可能看到，但她发疯般地喊着："登效！登效！"她这么一喊，儿子就听到了母亲的喊声，儿子隔着窗往外头喊："妈妈！妈妈！"你想想这个画面，真的催人泪下。

这个看守所的所长叫戴小军，他特别体恤这些在押人员的心情。他认为一个母亲为了儿子犯罪，这里面有可以理解的因素，他就思考自己要怎样在这样的时候去抚慰一个伤痕累累的母亲的心。戴小军想了一个办法，有一天他对王登效说："你们几个小伙子过来，我带你们唱歌去，你们不是爱唱歌嘛。"他挑了三个在押人员，其中就有王登效。王登效问："去哪儿唱呀？"他以为是看守所演节目呢。戴所说："跟我走吧。"他就领着他们往三号监室走。

王登效往那儿一走，心理就明白了，他妈关在二监室，把他叫到三监室去唱，他知道这是戴所长让他给他的母亲唱歌。到那儿以后，戴所长说你们几个合计合计，唱什么。王登效就说唱张雨生的《大海》。

这是他非常拿手的一首歌。然后他们三个就唱起来了。王登效本来就唱得好，那次唱得格外卖力。"如果大海能够换回曾经的爱，就让我用一生等待……如果大海能够带走我的哀愁，就像带走每条河流。所有受过的伤，所有流过的泪，我的爱请全部带走。"

当时，戴小军站在监所的上方，从天井往下俯视这两个监室，一边是引吭高歌的王登效，一边是老泪纵横的王母。接着，他就问王母："你知道我请谁给你唱歌吗？"王母说："我知道，是俺儿。"

戴小军为什么要这么做？因为他看到了这个母亲成天以泪洗面，一夜之间头发全白了。他特别理解这个母亲的心，这是人性。

确实有很多监管民警，他们希望一般的在押人员都能够得到救赎，甚至对一些冷血杀手也遵循一种教育感化的理念——即便是他可能要被判死刑了。

这个案件发生在北京市第一看守所，也是大家非常熟悉的一个案件，就是发生在2004年的著名演员吴若甫的绑架案。参与此案的人有几个，主犯是王立华。

王立华具有强烈的反社会人格，犯罪倾向严重。他有这么一句话："我在外面作案，必须有99%的把握；我在看守所里逃跑，只要有1%的希望就要争取。"他心机很深，他进了看守所的时候，在内裤缝了一个兜，里面藏了一把钥匙。这个钥匙是干什么的？就是撬手铐。他才不服管呢，他进来以后恨死警察了。当时抓他的时候他手上带着手雷的，我们的刑警特别有经验，他左手要去拉响手雷的时候，刑警一下子踩住他的左手，要不然我们的刑警都要牺牲了。

王立华在看守所闹监，威胁监室里其他人，说你丫别管我，你要管我晚上我抠你眼睛。这么恶的一个人，而且都已经判了死罪，肯定要上断头台的，换我们一般人就会想，这么一个恶魔还管他干什么，还救赎他干什么。但是第一看守所的民警不这样想，他们就想，只要犯人活一天，就要挽救他一天，要让他认罪伏法。

当时那个看守所所长叫孔庆宝，他想了一个办法，派了两个民警，分别是王少凯、高春生,他们俩为了感化王立华,拍了王立华在看守所的生活录像,带着这个录像到了他的家。王立华家在天坛东门胡同的大杂院里,他的姐姐人挺好的,看了以后很感动,民警就说你跟弟弟说几句规劝的话,他姐姐对着镜头说了。一会儿,他妈妈回来了,又让他妈妈再跟他说几句话。同时这两个民警拍了他家的一些生活场景,回来之后拿给王立华看。王立华看了片子之后痛哭流涕,他说:"我要是早点遇上你们,我不会落到今天这个地步。"

当时管王立华的一个民警叫刘铮。刘铮和王立华也很有意思,两个人都是1976年出生,是同龄人。王立华9月17日过生日,刘铮亲手给他端了一碗面条,卧了一个鸡蛋。王立华说:"我长这么大,除了我姐,还没有其他人给我过生日。"他当时眼泪在眼圈里转,但是他挺倔的,就怕眼泪掉下来,狠狠眨巴眼,想把眼泪憋回去,可最后还是流出来了。刘铮就接着说:"你看你现在还吃得上面条,被你害死的那些人呢,人家家属什么感受?"就这样一点一点去教育他,感化他,最后王立华把自己犯的罪行一桩一桩都跟刘铮说了。

不可否认,监管场所里也存在着不良文化,那么如何根治大墙里的不良文化呢?孙晶岩认为治理公安监管的不良文化必须由监管民警带头做起。

举个例子,比如说老师和学生发生了矛盾,我认为主要问题在老师,因为老师要引导好这个学生;医生和病人发生了矛盾,主要问题在医生,因为救死扶伤、全心全意为病人服务是医生的义务;同样,监管场所也是如此,如果发生了矛盾,监管民警应该先反思自己是不是身正,是不是对犯人一碗水端平。

如何做呢?首先,管教要加强自身的道德修养和文化素养,对在押人员讲文明用语。我举一个例子。丹东看守所里,犯人叫警察的时候有一个铃,有一天,一个叫刘洋的民警值班,有一个犯人按铃了。这个刘洋是一个女孩子,她当时心里挺烦的,喊了一句:"干什么,怎么有这么多毛病!"她这么一喊,犯人就急了,吵起来。犯人骂警卫人员的话难听极了,这个女民警就火了,跟他吵,双方剑拔弩张。戴小军所长闻讯后立刻赶到,他先制止了犯人,之后马上严厉批评了监管民警,他说:"刘洋你是一个小姑娘,你说话柔和一点,和蔼一点,犯人能跟你吵吗?今后凡是有犯人按铃,一律要说'请讲',咱们监所一定要讲文明用语。"民警都带头这么做了,从此犯人也不敢乱打架、乱骂人了。后来当民警去敲犯人的门的时候,犯人也在屋子里问:"什么事,请讲。"

牢头狱霸是一个世界性的难题,多少年了,一直都存在着。公安监所怎么治理牢头狱霸,怎么去制止歪风邪气?孙晶岩认为还得监所民警带头树正气。

我举一个例子,北京市第一看守所有一个在押人员,这个人杀害了9名出租车司机,是一个罪大恶极的罪犯。他进了看守所之后仍然恶习不改,抢占别人的东西,把别人的新的军大衣抢过来给自己当褥子垫,旁边被抢衣服的人也不敢声张。这个时候,民警看到了,就给在押人员撑腰,支持他大胆要回自己的衣服,而且明确告诉这个牢头狱霸:"以后不许胡来!"有了这样的凛然正气,后来监室所有在押人员都团结起来一起对付牢头狱霸,后者再也蛮横不起来了。

这个例子说明什么呢?说明监管民警责任心强,监室的正气就浓;监室有了正气,牢头狱霸就没有立足之地。

孙晶岩两年的采访记录中还有一些自己对犯罪现象的调查和思考。

我到一个看守所的时候,特别关注这个看守所的犯罪成分:都是什么人犯罪,哪种犯罪的类型最多,说明什么问题。我举一个例子,到了丹东,我就发现毒品犯罪特别多,另外,包括下岗工人在内的城市贫困群体犯罪也特别多。这就是东北特色了,因为我们知道过去的东北以重工业为主,国有企业改制的时候,东北首当其冲,丹东也存在这个问题。过去的工人阶级一夜之间买断工龄了,一下子变成城市贫民了。这样一批人,原本是好人,没有劣迹,没有前科,最后却走上犯罪道路,这是特别让我痛心的。

再举个例子,我问丹东看守所的人,你们这儿多少毒品犯罪,他们告诉我30%,我说不对,因为我采访了好几个犯人,都是涉毒案件的案犯。于是我不露声色地调查,一个监室二十四个人,我这一统计,竟然有十二个人是毒品犯罪。我再调查一个监室,这个数字超过50%。我就意识到这是一个必须要引起警觉的问题,因为大家都知道,过去我们提到毒品,注意力都放在金三角,我们主要防范的是云南和广西的毒品犯罪,那是毒品的重灾区。但是近年却出现了新的毒源,这是必须引起警惕的。

此外,我还发现了新生代的农民犯罪。我做了一个统计,到我采访的时候,西城区看守所里,外来人口犯罪占75%,杭州萧山区看守里面这个数字是80%,深圳有一个看守所的是90%。这个现象必须引起我们的关注。

孙晶岩的调查采访并没有涵盖所有的看守所,我们不能说上面的这些案例也适用于其他的看守所,至少我们能证明:外界对看守所是有误解的。如果不仅仅是作家可以看到,百姓也可以一睹究竟,那就少了很多无端的猜测,也可以变得更加公正。

大发展时代的日本

萨苏是一个很会讲故事的人,即使在我看来索然无味的事,他也能说得津津有味,实乃高手一枚。

每次见到萨苏我都忍不住叫声"萨爷",而他也总会谦逊地回一声"玖公",但我怎么听都像中国最后一个宫里的"公务员",尽管他是一脸无辜地真诚地看着我。

萨爷曾经在日本工作多年,娶了个日本媳妇,生了一个小魔女,其乐融融,令人羡慕。他在日本期间,搜集了大量史料,对日本的历史、文化进行了研究,形成自己独到的见解。

记得金一南在《苦难辉煌》里说:"日本对中国的研究由来已久,研究的范围之广,研究的问题之细,挖掘的深度之深,恐怕是我们想象不到的。据我所知,日本光研究中国经济问题的专家教授就有二百多位。相比之下我们中国对日本的研究明显落后。"

我觉得萨苏在研究日本这方面是有贡献的,而且他保持了会讲故事的风格,能抓住大家的兴奋点。他兴致盎然地说,我聚精会神地听。这一次他把注意力聚焦在了20世纪60年代的日本。他说:"日本当年的大发展对今天的我们是有启示作用的，因为跟我们的现状太相似了。我前一段的工作需要经常中日两边来回跑，看到两个国家在不同发展阶段，有很多东西非常相似。"

话说有一天萨爷为了赶时间，在北京坐五号线地铁。星期一的五号线可以把人挤成贴饼子，一位哥们以曲线的形式存在，破口大骂路线的设计师，说设计师肯定是吃了回扣才设计出这种挤死人的车。周围的朋友随声附和，说外国哪儿有这样的地铁，在这个时候萨爷笑了。

20世纪60年代，日本实际上也跟我们一样出现了拥挤的情况。为什么呢？难道日本设计师也吃回扣了吗？当然不是，那是因为日本出现了城市化。东京原来只有一百万人，一下子涌进六百万到七百万人。地铁原来的设计只能装一万人，现在人数多了六七倍，能不挤吗？那么怎么办呢？就只好往里塞。但是，日本出现了一个目前中国没有的东西，什么呢？女性专用车厢。

说到这里萨爷冲我诡异地笑了笑，赏片无数的我马上领会精神，说："这肯定是防色狼用的。"

但是事实并不是你想的那样。我通过研究发现，最初日本设置女性专用车厢不是为了防色狼，而是为了保命。地铁从装一万人变成装六七万人，拥挤是肯定的，但是只要能塞进去，就能运走。可是，有一个问题，如果两个男的互相挤，不要紧；两个姑娘互相挤，也不要紧，因为体力差不多；如果车厢里既有男的又有女的，就麻烦了，因为身体比较弱小的女性很可能被男人挤死。

日本的工程师在不增加运输压力的前提下决定给日本地铁加挂女性专用车厢。当然，自认为身体强壮的女性也可以乘坐普通车厢，跟男人挤一挤。这不是办法的办法的确解决了日本当时的交通问题。

看大发展时代的日本，我们仿佛在看一面镜子，折射出今天的中国。为什么大家现在都会觉得压力很大？这跟时代的发展速度太快有关系。

日本曾用30年的时间实现了战后经济腾飞的奇迹，然而，如果审视这个奇迹的背后，我们会发现日本社会经历了激烈的冲突，种种冲突的副产品便是各种超越道德底线的犯罪和极端行为。现在我们经常拿日本举例，说它是一个模范，值得我们学习，但是看看下面的例子：1955年，光森永毒奶粉事件曝光，利欲熏心的厂商使用了含有剧毒成分的添加剂，造成一百多名幼儿死亡，一万多人中毒；1956年，水俣病事件曝光，不良企业无序排放污染，造成当地大批人员中毒，与此案相关的诉讼至今仍在进行；2001年，一名凶犯闯进大阪车间小学连续杀害8名小学生，而这一案件发生的时候，日本厚生省已经因为类似事件通知各学校加强戒备。除此之外，日本还有假酒致死等多种恶性社会事件，我们要如何看待呢？

我首先想到，在这个大发展的时代里，我们能不能看清自己。日本的大发展时代有什么特点？首先，它搞了30年。其次，在大发展之前，日本人曾经发生过一次对自己价值观的否定。我们中国也发生过对自己传统的否定，人们变得很狂妄，我的父亲，我的爷爷，他们信守的价值观是错的，而我们找到了正确的道路，所以我们可以嘲笑他。我们已经不再尊重我们的长辈，也就是说我们不再尊重传统。实际上我们丢掉的是什么？是长期以来历史积淀给我们的社会文化。在这一点上，日本和我们碰到了同样的问题。第三，中日两个国家都有很大的人口密度。实际上日本的人口密度是我们的三倍，可是他们的粮食也能自给自足。所以，我们可以把日本的发展当成镜子，反观一下自身。

萨爷送了我一本他的新书《看邻人火烧》，里面有一幅老照片，内容是20世纪50年代一个夜市上，一个女人西服革履，笑容可掬，还烫了当时时髦的齐耳短发，年轻又美丽，周围人的脸上也都洋溢着笑容。乍一看，还以为女干部来视察了。

她的名字叫做松田芳子，是当地的黑社会女老大。旁边那几位都是她的手下。照片上的她是在视察自己的地盘，这个自由市场是她刚带人打下来的。一个美女居然带人去抢地盘，这种事情我们听了觉得恐惧，可是在战后十年的日本，这是很正常的现象。

也许你会问，这位美女怎么当上老大的？因为她的丈夫是松田组的老大松田义一。松田义一在一次火拼当中被打死，其他几个头目势力不相上下，不知道谁来当老大比较好，后来有人提出让老大的遗孀当老大，大家就都没意见了。松田芳子就这样上台了。

谁都想不到，女人狠起来比男的还厉害。松田芳子上台以后，先把几个大头目都干掉了，自己独揽大权成为日本著名的黑社会老大。很多人好奇，黑社会到底什么样？我真的跟他们接触过，我第一次接触的日本黑社会是山口组，我还住到了他们的总部。

　　山口组总部在神户一座类似于双子星的高级宾馆。那年，我们公司举行抽奖，其中一个奖项就是到那儿住一宿。我中了奖，就带我太太去那里住，我不知道那是山口组的老巢。去了以后一看，门口摆满了礼物，还出了几十个警察维持秩序。再一看，从楼里出来的人都挺凶的，穿得都挺体面，但是眼神都往上吊着，怎么看都不像好人。后来一问我才知道，我们住到了山口组的老巢。送礼是怎么回事？据说是因为两个大头目遭遇枪战负伤了，他的手下为了表示慰问送了礼。

　　日本的黑社会现在是以合法形式存在的，但是他们的性质发生了很大的变化，不再通过收保护费保存实力，而是依靠政府，也就是通过行贿，通过与政府官员的勾结获得政府投资做项目，然后从中抽成。这就是日本黑社会目前存在的形式。

　　此外，黑社会为了树立良好形象，会做一些好事，比如山口组会给周围的老百姓送月饼。每次出现天灾的时候，黑社会会积极地参与到救灾工作中来，比如当年阪神大地震的时候，有一座桥被震塌了一半，黑社会有一位老大开着一辆车，车上插着帮派的旗帜，从塌了半边的桥上飞驰而过，带着面包到了桥的另一边，送给那些断粮的灾民。他因为做了这件事，在组里面的地位大大提升了，而且改变了自己所在帮派的形象。

　　萨苏的书里还告诉我们现在到了日本如何分辨黑社会。

要看他的穿着,还有发型,这是很容易断定的。日本社会上一般两种人穿西服,一种是公司职员,另外一种就是黑社会成员。他们都喜欢穿黑色的西装,那么怎么区分呢?看发型。在公司工作的职员一般都是头发三七分,黑社会成员则剃成极短的板寸,或者理成莫希干头。这样就可以区分黑社会成员和公司职员。

日本人善于反思,审视自身的阴暗面,比方说污染这个话题。咱们现在去日本玩,看到的是蓝天,呼吸的是清新空气,但是在大发展时期,他们曾经也是灰蒙蒙的,那时候要测PM2.5,也是超标的。

20世纪70年代发生在日本东京的雾霾,不叫雾霾,叫光化学污染,把这种污染的本质说出来了。它的成因是汽车尾气遇到太阳光以后发生化学反应,最后形成一些非常微小的颗粒飘浮在空中,这些东西无法散去,于是就成为城市的公害。当时日本的雾霾达到什么地步呢?一些女学生由于雾霾引发头晕、恶心,没有办法上学,住进医院,最后其他的孩子戴着防毒面具去上课。这就发生在上世纪70年代的日本,不是杜撰的,是真实发生的事情。

萨苏曾经长期旅居日本,我经常问他一些关于当地的问题,满足好奇心。比如说,日本老百姓只能在周一和周四两天倒垃圾,我就是从他那听到的。不过房价的问题可能更值得我们关注。

日本曾经是世界上房价最高的国家,20年前,东京大阪的天价房曾让很多日本人一边拍桌骂娘一边满心期待:骂娘是因为高得离谱的房价把所有工薪阶层都变成了房奴；期待则是因为有房在手的人都认定自己有了一笔看涨的财富。然而，对于大多数一辈子只买一套房的普通人来说，飞涨的房价从根本上来说还是社会的灾难。

过去的23年里，日本的房价一直在降，比如说那时候卖800万的房子，现在卖100万。况且日元现在还贬值了呢，这样算下来，当时买一套房的钱，现在能买八套。

大阪之于日本基本相当于上海之于中国。萨苏在大阪买了房子，房子地理位置很好，坐电车只需要12分钟就能到达市中心。在那儿买一套房子，价格大约是现在北京回龙观平均房价的三分之一。

这个位置还不错，所以我买房子的时候是自豪的，于是我就给我弟弟打了个电话炫耀。我弟弟在澳大利亚，我跟他说："看你哥我花了回龙观房价三分之一的钱在日本买了一套一百多平方米的公寓，在日本不算公摊，而且阳台是不占面积的。"我是在QQ上给他留言的，说完之后，我弟很快回了一句："哥，我也花了差不多同样多的钱，在悉尼买了套房，离市中心约半个小时车程。"我说："你买的什么样的房？多大的啊？"他一分多钟之后才回复我："我这个房子啊，花园里头有五六十种树。"看完我差点儿一脑袋撞在屏幕上。

我们还是先别跟悉尼做比较了，不然会失眠的。日本当年的房价之高即使现在看来依然让人瞠目结舌。为什么当时的房价那么高呢？

一方面是炒作，由于很多人炒房，所以房价就上去了。当时日本城市化进程加快，哗啦一下拥进去那么多人，原有的房子根本不够住，而房子又不是一天可以建成的。比如说，在东京的一个区，有100万人在这里工作，房子只有50万套，房价可就不只是涨两倍的问题了，因为每个人都明白，我有这套房子，我就能住在附近，我就成为东京人了，我要是买不下这套房子，我就在这个大发展时代被东京赶出去了，可能我、我儿子都到不了这个城市，没法在这里立足。所以，为了赢得一席之地，他愿意花更多的钱去买房子。也就是说，房子的价格不是由成本决定的，而是由需求决定的。

在萨苏看来，目前日本城市化进程已经完成了，而且完成得非常好。当年建造的很多房子，有相当一部分已经空置了。到日本去的时候，你会发现很多公寓楼里面，信箱是用胶条贴上去的，这就表示这个房子现在没有人住。这种现象现在还挺普遍的。日本人口密度比我们高三倍，居然还有这么多空房子，可见房子本身并不是什么了不起的东西。那么，中国的房价会重走日本的老路吗？

中国现在的房市会不会重现日本那样的危机？我的判断是暂时还不会。日本出现危机的时候情况特殊，一个人一个月挣1万块钱，每个月的按揭可能是1万5千元，那么就需要向朋友借钱。借不到怎么办？那就没法还贷款了。大家都还不了，银行就崩溃了，银行一崩溃，整个国家经济就崩溃了。所以这在当时给日本带来了极大的危机。

但是有趣的是，当时日本人都是以高额的贷款买房，到现在，房价跌了，他们都在还规规矩矩地还房贷。

在日本，中国人去买房确实占了很大的便宜，因为中国人被高房价吓怕了，看到那么便宜的房子就像白捡不要钱似的。我在日本帮了很多人买房，有一次跟一个中国厨师去看房，房地产商很高兴呀，终于有人买房子了，他担心厨师没钱，说可以想办法帮贷到款，因为在日本申请贷款不太容易。我马上把这个话翻译给厨师，厨师当即露出一副很奇怪的表情，说："为什么要贷款呢？"说着一回手就把身边的口袋拿出来，往桌子上一放，全是现金。日本人当时就傻了。

萨苏讲这些的时候，我的头脑中突然出现了一幅画面：中国的城市化进程已经完成，到处都是空置的房子等待出售，房地产商苦苦哀求着："给您打三折，买一套吧，求求您了。"可是，我发现公租房的房租一个月只要一百块钱，而且是三居室。我悠悠地回一句："这年头，傻子才买房呢！"然后，挥一挥衣袖，不带走一丝遗憾……

当然，这么说好像挺可笑的，可并不代表它不会发生——日本的房价不就跌了吗？所以，当我们对照那个时期的日本的时候，可以增加一点信心。

林则徐说过一句话，睁开眼睛看世界。中国和日本都有悠久的历史文化，都经历过社会价值观的动荡，所以我们是可以成为朋友，相互借鉴的。

乡愁是一弯浅浅的海峡

最近有一个去台湾与电台同行交流的机会,借此也做了一次环岛游,感触颇多。但有一个老人的身影时时飘过,他叫高秉涵,今年七十七岁,台湾老兵。两年前一个下午的深谈记忆犹新,我仿佛又看到了那一幅幅画面:一个十三岁的少年,从内地辗转,九死一生,漂泊至台湾;一个流落台北街头的孩子沿街乞讨;一个新兵望着大陆思念母亲潸然泪下……

高秉涵的老家是山东菏泽,在他十二岁的时候,身为国民党党员的父亲被杀,母亲让高秉涵跟着国民党军队走,临行前,还给了他一根曾捆绑过父亲的带血的绳子。这件事在高秉涵幼小的心灵里烙下了深深的印记。

十三岁时,高秉涵来到了台湾。初到的岁月是极其艰苦的,只能通过拾垃圾或者打小工来维持自己的生活。后来一次机缘巧合,高秉涵遇见了自己以前的老师,他告诉高秉涵,一定要继续读书。通过读书,高秉涵得到了律师工作。到如今,他从事这一行业已经四十多年,应该说在本地非常有威望的。但是,高秉涵接的第一个案子让他愧疚终生。

这得把时间追溯到1964年。那一年,台湾金门岛上,国民党驻军发生了一件士兵逃跑案。一位厦门籍的士兵，因为思念母亲，抱着一个轮胎，趁夜冒死向厦门偷渡。结果，没有偷渡成功。而这个案子就是由高秉涵来负责的。

那时，我正好从军事学院法律系毕业，分到金门去做军事法官。报到以后接到的第一个案子就是这个逃亡案。这位逃亡的士兵是厦门人，他的母亲身上有残疾，父亲早亡。国民党的部队在撤退的时候把他抓到台湾来当兵。

金门是战略要地，按照法律，士兵逃亡要判死刑。我是军事法官，办案当以服从为主。这个案子分给我以后，我就依照法律去办，但是暗地里替那个士兵哭泣。

我问这个兵："你为什么逃亡？"他说："我想我母亲。"他这句话正代表我的心。我也想我母亲。但是，我问那句话的时候，我是法官，坐在台上，他站在台下。我继续问："那你知道逃亡要被枪毙吗？"他说："我知道。但是，如果真的逃成功了，我就可以见到母亲，起码有一半的希望。我的母亲半身不遂，我一定要见她一面。"可是，没有办法，在当时的情况下，我还要依法判他死刑。

审理这个案件的时候，我一直在想，如果菏泽就在对岸，我可能比他逃得还早，比他逃得还快。探母怎么就有罪了？不应该有罪，应该得到表扬。我实在是不愿意判他死刑。所以我的心里永远抹不去这个遗憾。

刚才那件事发生在20世纪60年代，到了70年代末的时候，两岸通信依然不是很自由，甚至是不能通信。但是在1979年的时候，高秉涵几经辗转，把自己写给母亲的一封信送到了老家。他在信中是这样说的："娘，儿提起笔，真不知从何说起，热泪挡住了我的视线，久久无法落笔。儿于一九四八年八月六日和娘泣别后，已经三十一年了。儿希望家里的老幼亲人都还健在。儿现在已成家立业，并且已有三个子女。三十一年了，在这漫长，且无止境的艰苦岁月里，我之所以要顽强地活下去，就是盼望有朝一日能见娘一面。娘，我会活着回来，我也深信，我一定会见到我健在的亲娘，你一定要等我回来，我渴望你的回信。不孝儿，春生。"春生是高秉涵的小名。但是，这个愿望最终也没有实现。

很遗憾，没有见到，信到的前一年，也就是1978年，她就走了。我母亲走的时候还一直念叨说，这辈子没办法见儿子一面了。后来我知道母亲走的时候，在她枕头底下，放着一张我小时候的照片……

时间指向了1979年。高秉涵的一位同乡叫卞永兰，身在国外，也是菏泽同乡会的一名成员。由于他是国外的身份，所以能够回到大陆探亲，但是身在台湾的老兵是不能够去的。卞永兰就带了一些故乡的特产，分发给台湾的同乡会成员。那件事给高秉涵留下了深刻的印象。

卞永兰给大伙儿看完了他拍的菏泽的照片，就开始分发家乡的特产。每户烧饼一个，山楂和红枣各五粒。终于见到了正宗的家乡特产，但没有一个人舍得把这些东西吃下去。大家都拿在手上，放在鼻子跟前,不停地闻,闻着闻着,每个人的脑海里就映现出不同的家乡记忆来;闻着闻着,思乡的泪水就湿了眼睛;闻着闻着,家乡的亲人就浮现在了自己的眼前。

最后分发的是家乡的泥土。对于远离家乡的人来说,乡土是最珍贵的东西,乡土代表着真正的家。乡土不同于红枣、烧饼,不好分发,于是每户一汤勺。现场有两百多人。泥土是我分发的,我是流着泪发的,为什么呢?因为接纳泥土的这些乡亲,每一个人的眼神、表情都像乞丐一样,极度渴望,他们觉得,终于可以看到家了。

在那种氛围里,我分土分了将近五十多分钟,流泪流了五十多分钟。当时,有一位陈老师,已经八十多岁,他是我的老师。我分给他一汤匙土,放在纸上,他一出门,手一抖,土掉地上了,散土捡不起来了,他就蹲下去抱头大哭。我说陈老师,你不要哭,我再想办法分给你一汤匙。

因为是我分的泥土,作为报酬,我比别人多分到一汤匙,我就把我这一汤匙送给陈老师,免得他蹲在那里哭泣。当时,看到陈老师蹲在地上大哭,很多同乡也都跟着掉泪了。天下泥土何其多,唯独故乡的土最贵啊!

我回家把这一勺泥土分成两份,一份包起来,放到我银行的保险箱,因为这样是不会丢掉的;另一份,放到茶水里面,分一个礼拜把它喝完。不舍得一下子喝。十二岁之前,我都是喝这种水长大的。我喝上一杯掺了这种泥土的水,就觉得自己回家了。可以说,每一次喝这个菏泽泥土水,我都是泪流满面,我喝的水和我流的泪也不相上下了。

高秉涵是菏泽同乡会的会长，同乡会中的很多人都希望能够落叶归根，一些单身的台湾老兵也希望去世后把自己的骨灰带回山东菏泽老家，这样他们才能够瞑目，才能够含笑九泉。因此，高秉涵就帮助这些人把他们的骨灰运回到菏泽，给他们下葬。从台湾的戒严令解除到目前为止，已经有很多骨灰被他运过去了。但是一开始的时候，家里人甚至是自己的孩子，都不太理解他的做法。

老兵的骨灰都应该放在军人公墓，军人公墓都在山上。如果我第二天要上飞机，或者下个礼拜要上飞机，就需要提前把这些老兵的骨灰拿回来，放到我家里。在我心里面，我是把他当成我的老哥的，因为他是我的同乡，我们都一起流浪到台湾。但是家人不理解，比方说爱人就说了，这又是谁呀，你怎么又把这个东西抱到家里来。我的孩子看到我抱骨灰盒回来的时候，一下就把嘴里的冰激凌吐了出来，捂着嘴跑着去了卫生间。

因为不管是我们家乡的风俗也好，台湾的风俗也好，别人家的骨灰是不能到我们家里来的，我们也不会抱别人的骨灰回来。所以我这种做法妻儿没办法接受。在他们心里，那些老兵终究是外人，他们终归有点恐惧，尤其是未成年的孩子。所以当时我觉得很对不起我的家人。我尽量给他们解释，说这些都是我的老兄弟啊，我明天要送他回家乡，回他的家。我说，如果真的有鬼，这个鬼也会保护我们，不会害我们。我就这样一次一次地讲，渐渐地，孩子们了解了，知道我这种举动是爱。什么是乡情？这就是乡情。

就这样，高秉涵先生多次往返于台湾与山东菏泽之间，让许多流落异乡的人最终能落叶归根。他还多次捐款，支援山东菏泽的建设。尽管高老先生不是大老板，但已经累计捐款高达百万元。同时，菏泽老家的贫困学生，如果考上大学，他还会每人资助5000元。

2008年12月15日，海峡两岸实现"大三通"，月底，高秉涵率全家第一次不用通过香港转机，直飞大陆。高秉涵这次回乡，为的是给父母合葬。前去参加合葬仪式的人很多，有村上的乡亲和夫妇俩当年的学生。当祭奠父母的黄表纸被点燃时，高秉涵从包里拿出一根绳子，扔进了火里。那是一根他保存了整整60年的绳子，那是他多年来的情感寄托。为这根绳子，他曾经恨过，痛过，爱过，思念过。火舌飞舞，绳子瞬间就被点燃了。高秉涵对地下的父母说："爹，娘，我回家了，咱们都回家了。"

现代名捕的破案传奇

退休民警尹红志曾是京城"四小名捕"之一。第一次见他,我是有些诧异的:一米八几的个儿,皮肤白皙,文质彬彬,还戴一副眼镜,而且不抽烟,不喝酒,俨然一个知识分子。我原本以为,能抓到上千个罪犯的人(其中还有一些亡命之徒,手里面甚至都有枪的),肯定是巨灵神一样的人物。

尹红志看出了我的疑虑,他很谦虚地说:"其实像我这样的警察太多了,用咱北京话说,海了去了。"

当他在话筒前娓娓道来的时候,我发现此人心理素质了得,而且有勇有谋,一句话:还是有活儿。

话说那上世纪90年代的一个秋天,公安分局组织足球比赛,大家都去看了,留下尹红志一个人值班,他就上街转悠去了,治安民警叫巡逻盘查,行内叫"干拍"。北京站东边有一个出租管理站,那里有个小房子,他就蹲在那个位置看,有没有可疑人员过来。等着等着,远处慢慢过来四个小伙子。尹红志绘声绘色地给我描述了当时的场面。

那几个小伙子从外表一看就是混的。当然，形象不好并不代表人就有问题，但是关键在于，他们发现有我这个警察在，就明显紧张起来，瞬间就由横排变纵队了，就是拉开距离，不成团走。你走成团，警察一下就可以包饺子了，散开了，能跑了。从当时的情况是我一对四，如果我抓其中一个，其他三个就可能跑了，我想把他们一勺烩了。

当时，我就跟在他们后边走。结果他们一头扎进厕所里了，就是当时北京站东侧的那个收费厕所，里面又窄又黑。他们大概觉得那里面安全，就进去了。我当时就乐了，因为收费厕所只有一个出口，边上还有一个三轮管理站。我琢磨着一会儿把他们都请到那里边去盘查。过了一会儿，他们扛不住了，一个一个慢慢往外移动。我就一个一个往屋里请，慢慢哄。我们那叫哄，就说耽误您几分钟，我了解一下情况，这是我的工作，请配合。时间越长，他们就越紧张。他们推开门就往外挤。当时满街都是人哪，但警察就我一个。我正着急，忽然眼前一亮。远处齐刷刷地走来一队武警战士，是车站武警警卫中队的。我的优势一下子就上来了，叫他们帮我控制住了这四个人。

把这四个人带回去一审查，发现他们是从辽宁来的。他们四个人有一起凶杀案，有一起强奸案。其中有两个人一掀裤腿，竟然藏着一尺半长的那种钢刀，用一寸来宽的那种黑色松紧带勒在小腿上。

有人说尹红志抓坏蛋上瘾，他的解释是："习惯成自然，出门就是上班，尤其是便衣。可能吃饭、上厕所、遛弯就抓着个把坏人。"据说他出去买趟菜，就立了一个二等功。当时是九十年代初，拐卖人口现象特别严重，有很多人从广西的农村拐卖妇女卖到北方的山区。

那天我确实穿着便衣和拖鞋出去买菜,迎面走来两个人,我一看就觉得得抓他们。那两个人是当时特别典型的广西农民的样子,穿着新西服,提着一个新的号码箱。那时候可不像现在,随便就能来北京旅游,那时候从广西来一趟北京是非常不容易的。我一看他们那个新号码箱就知道,他们是挣了钱了,还买了新衣服,发财了。

我拿出我的工作证,说:"我是民警,耽误你们几分钟,协助调查。"我带他俩回公安局的路上又碰见俩小孩,十八九岁,我一看也不对,直接就叫内勤帮忙调查。到了公安局,一打开号码箱,看到里面有一杆大火枪。他们怕在卖妇女的时候碰上黑吃黑,枪是防身的。那两个小孩就是绑票杀人犯,是吉林的。我记得非常清楚,那俩小孩长得虎头虎脑的,浓眉大眼。那可能是新中国成立以来最大一起绑票杀人案,他们把一个家里做生意的小同学埋了,然后敲诈他家里。

那俩孩子走的时候,我送他们上火车,其中一个孩子过来跟我握了一下手,说:"叔叔再见。"当时我心里就激灵一下子,我知道我再也见不到他了,因为他那年刚满十八岁,犯的是绑架罪和故意杀人罪,没有不枪毙的道理了。

"人生啊,千万不要做无法挽回的事情。"尹红志感叹说。

说到破案,离不开自己的搭档。警察办案经常需要互相配合,协同作战。有一个案例,就是尹红志和自己搭档一起来完成的。

这个案子应该是在1983年的8月14日,当时跟我搭档的是我师傅王德民，他也是我的第一个外勤搭档。当时已经是晚上十点多钟了，我们外出巡逻。临出门的时候，我们都是要翻一遍通缉令的。我一翻，看到两个新的通缉令，都是越狱犯，一个三十一岁，一个十九岁，一个死缓，一个无期，两人同时越狱。在当时这可是不得了的大事。

那会儿是夏天，晚上，在车站，很多人都睡在马路上，人挨着人。密集到什么程度？我去趟厕所，回来这地儿就没了。我和王德民走着走着就看见两个人，铺了一条新床单在地上睡觉。其他人身下都铺着报纸，就他俩铺着床单，所以特别显眼。再一个，他们是穿着新衣服的，而且是没下过水的那种新。

我和王德民决定过去盘查。为什么呢？你想，外地人进首都，要穿什么衣服呢？肯定是穿最得意的衣服，一般是洗过一两次的，就是平时穿着最适合的衣服。如果衣服都没下过水，而且全套都是，那就绝对不对了，他们至少有侵财犯罪的嫌疑。换句话说，他们得了不义之财，来得快，出得也快。

我把年纪大的先叫醒，问："起来，你多大？"他说："我三十一。"说着，他一脚就把那个年轻的踹醒了。我问："你多大？"他说十九。我和王德民顿时就明白了。这时他们已经开始系腰带了，我说不对，不要起来，话还没说完，三十多岁那小子就蹿了起来。我一把就搂住他的脖子。

那年轻的打了我的搭档一拳，掉头就跑。我正抱着另一个呢，他拼命往外挣，发出的声音就像狼嚎似的，嗷嗷。我就锁着他脖子，最后人压人把他给按住了。那时候我们用的是黄铜铐，我咔嚓一下把他铐住，感觉眼前金灿灿的。然后我一抬头，看见我那搭档正从胡同里把那年轻逃犯往外提溜，哎哟，我这高兴啊！我那搭档，百米跑十一秒，真快。

站起来的时候，我觉得不对劲，裤子怎么黏在腿上呢？低头一看，完了，我刚才抓嫌疑人的时候，他抠了我大腿一下，那指甲盖抠进去得有一公分深。隔着裤子能抠进这么深，你说他得用多大力量啊。

那两个人是在内蒙古一监越狱的。内蒙古一监外面有一片大概八百平米宽的池塘，他们打洞出来，再游过池塘，然后走出来。老的说往大兴安岭里边跑，大兴安岭里边有一个八百公里的没人烟的地方，他们可以去那里种蘑菇。他们这样计划好了，可是年轻的说，我没去过北京，想看看首都，看完就躲进深山里，躲一辈子。没想到在这儿翻船了。

当警察会遇到各种各样的事情，有些听起来会让人心头生恨，有些还会替那罪犯不值，有些甚至让人心酸。尹红志回忆了这样一件事。

有一年从警校来了一批实习学生，跟着我们在夜间巡逻。当时大概晚上八点钟左右吧，一个十七八岁的小学员跟着我，又瘦又小的。

那时候卖假衣服成风气。什么是假衣服？就是一堆破烂叠好了以后，上面放一两件好衣服，放在塑料编织袋里面骗人。想买便宜货的人很容易上当受骗，把它当成一包好衣服买回去。那天，我和小学员就抓到了一个这样的骗子。我让小学员把那人押回去，按治安处罚办理就算了。

回去要穿过胡同。那时候北京站西侧正在建邮局通信枢纽工程，挖了一个直径大概有十米以上的坑。他们刚一进胡同，那个骗子扔下包就跑，那个小学员就跟着追。追着追着，我就听见小学员喊："师傅，师傅，你赶紧来吧！"我过去一看，原来，那个骗子穿过扎堆吃饭的民工想逃跑，没想到民工后面就是那个大坑，他一下子掉坑里了。那些民工都傻了，这么大的坑，又那么深，他还不摔死？我赶紧拿着强光手电往坑里照，勉强能看见他，还好，还能哼哼。

我们下去以后才看清，他正好一屁股坐在坑边的黄土里了。那黄土有车压过，比较硬，他生生坐进去半尺深的一个坑。他要往前一点，就粉身碎骨了。

后来到医院才知道，那人摔得压缩性骨折了。我们把他送回家去，看到他一家人就在朝阳区的郊区租房住。他老婆出来接，他自己也不好意思说怎么伤的，但是他老婆大概也知道他出去干了些什么，就没多问。

抓捕罪犯这么多年，尹红志创了两项个人记录，第一个是没有受过重伤，第二个是所有的被抓罪犯当中，没有要报复他的，都是心服口服。做到后边这一点，我觉得真的很难得。对此，尹红志的理解是："警察执行的是国家的法律，执行过程中别藏私心就行了。嫌疑人也是人，我们得尊重他。他触犯了法律，我就得维护法律的尊严，伸张正义，他们明白这一点。"

尹红志的故事还有很多，要是拍成电视剧一定分外精彩，就不知哪位导演能捷足先登了。

抑郁处方

近年来对公众健康威胁最大的疾病不是癌症，也不是艾滋病，那是什么呢？世界卫生组织给出了答案：抑郁。目前，全世界抑郁症的患者有3—4亿人，仅中国患者就超过了3600万，其中15%的人最终实施了自杀，即每两分钟就有一人自杀成功，平均每分钟有七人自杀未遂，数字触目惊心。

在一个深秋的晚上，我邀请到了畅销书作家、精神科医师许添盛，一起聊聊抑郁这件事。

许医师看起来比实际年龄要年轻二十岁，身着麻布衣料，个子不高，但语速惊人，非常有煽动性，但不说话的时候又很安静，你会怀疑他在打坐。说到抑郁，他有一个诊断的标准。

什么才叫抑郁症？我有一个非常重要的诊断标准。大多数人在人生中都会有不开心的时候，失恋了，没办法升官了，或者考试考不好了，跟家人吵架了，等等。这些因素都会导致抑郁情绪，那么，怎样才算得了抑郁症呢？有几个标准。

第一个标准是它已经影响到日常生活了。比如说你的抑郁和不快乐已经让你无法上学、上班了，干事情已经无法专心了。

第二个标准是它已经影响到你的人际关系了。你已经没有办法跟你的朋友正常来往，跟家人好好吃饭、说话，甚至影响到你的健康，比如说无法睡眠，三餐暴饮暴食，或者厌食了。

第三个标准是它已经影响到你的思想了。你已经开始有一些轻生的念头，觉得活着不开心，想要离开人间。

你有上述的种种现象，我们就说你已经达到了抑郁症的诊断标准。如果没有那些现象，只能说你有抑郁倾向，但是没有患抑郁症。

中国人比较含蓄，不容易跟人开口，不容易求助。许添盛认为，自我检视、自我觉察非常重要，如果缺失这一块，路绝对不会走太远。他甚至认为得抑郁症是有好处的。

你要换个角度想想看嘛，你得了抑郁症，可以好好休息一阵子。休息是为了走更远的路。人为什么会得抑郁症？因为他之前累积了太多压力，累积了太多痛苦，所以他需要关门休息，内部休整。

不晓得你有没有这种感触，书念得很多，念到自己快疯了，工作个十几年，从来没有休息过，在婚姻当中好像自己应付得很辛苦。

其实季节有春夏秋冬，人也有喜怒哀乐，现在的人因为过于忙碌，压力太大，所以要有一段时间好好地自我学习和自我充电。如果把抑郁症当做病，你就会觉得很丢脸，但如果你把它当成一个机会来自我面对，好好地自我沉淀一下，透过这样的沉思，可以有一个全新的出发。

许添盛跟我讲述了周边朋友的经历，前几年金融海啸当中，那些人股票跌了，损失了金钱，有些甚至是买房的钱也拿不回来了。这些人就有了抑郁的倾向，有的甚至不想活了。

他们都很痛苦，我就问他们："二十年前你有多少钱？"他们大多数都说："没有多少啊，几千块，大不了几万块。"我又问："现在你还有多少？"他们就说："现在还有十几万，上百万。"我说："那你在担心什么？"

很多时候我们担心失去的，是因为没有看到我们拥有的。买股票尝到了甜头，不用上班了，每天买进卖出就赚好几千块，好开心呢。突然一下子股票亏了，当然难过了。可是想过没有，每个人不都是光屁股来到这个世界上的吗？亏了就亏了，大不了从头再来啊！

常常讲财去人安乐，许多得抑郁症的人就是觉得自己太辛苦了，钱又不见了，很痛苦，可是他们忘记了，跟二十年、三十年前比起来，其实他现在已经好棒好棒了。我常常开玩笑讲一句话："现在每个人的生活都比以前皇帝的日子好过。"为什么？你现在在北京可不可以吃到南海的食物？可以，而且海外的食物你都可以吃到。以前皇帝要到很高的地方去还要人家抬轿子，皇帝坐过电梯吗？当然没坐过。皇帝有车子开吗？当然没有。皇帝用过抽水马桶吗？皇帝吹过冷气吗？都没有。现在大家过得都比以前的皇帝还要高级，那你还有什么不开心的？其实现在的日子很好过，只是人忘记了，人太贪心，太多执念带给我们痛苦。

许添盛十几年的临床经验认为,一个人会得抑郁症,很大程度上是因为他把内心的痛苦放在心中,不敢去面对,也不愿意说出来。如果一个人被别人了解了,他就会产生积极的情绪,改变抑郁的状况。我们帮助有抑郁倾向的人,就是告诉他开口得助。只要他愿意说出来,周遭的人就可以帮上忙了。

还有一类人,不管在工作上还是在生活中,都是为别人而活,希望得到别人的肯定和赞美。这也是抑郁的一个诱因。

最近我在辅导一个患有抑郁症的研究生,我才发现,原来他一直都在为爸爸而活,希望达到爸爸为他制定的目标,满足爸爸对他的期待,可是他现在痛苦万分。为什么呢?因为他本身是一个文艺青年,他喜欢文学,喜欢音乐,可是爸爸告诉他,你要念机械才有前途。他念得很痛苦。我跟他讲:"如果你再这样自我牺牲下去,未来你可能会自杀。"这句话就很管用了,他决定再不去违背自己的兴趣,他要好好告诉他爸爸,爸爸,我很爱你,我很希望满足你的期望,可是我真的不喜欢机械,我真的想走文艺路线。家人是爱他的,只要他快乐地活着,不会逼他的。

所以很多时候我们要懂得说不,不要把自己搞得里外不是人,搞得连抑郁症都出来了。

许医师觉得追求完美,做任何事情都非常认真、较劲的人也容易抑郁,因为追求完美的背后是跟别人比,跟心目中完美的自己做比较,永远觉得自己不够好。如果你永远活在自己不够好的心情之下,第一你会不快乐，第二你会觉得自己是个失败者。所有抑郁症的人都有一个共同的想法：我是一个失败者。为什么会是一个失败者？很有可能这个人为自己树立了一个很高的完美标准。

因为你发现你永远达不到那个完美的标准，你就会一直在努力，永远活在挫折中。纵使周围的人告诉你，你已经很棒了，你还是会像走火入魔一样，觉得自己不够好。万一在这个过程中出了差错，或者是因为环境的变动，或者是因为时局的改变，预想的目标没有实现，那你可能就啪啦一下子整个人崩溃掉了，你会彻底否定你自己。

所以，在生命当中，我们努力去做事是好的，努力让自己进步是好的，但是我们不能在努力的过程中让自己变得很糟糕，你要知道，不是你不够好，而是运气不够，或者客观条件没有达到。

许医师提醒我们，不要做大家眼中的"老好人"，如果每个人对你的评价都是"他人缘太好了"，"他从不拒绝我们的要求"，"他总是很开朗，从没见他失落过"，那么你要小心了。

我曾经辅导过这样的一个病人，他是周围人的"垃圾桶"，周围的人有心事，有困扰，有痛苦，都来找他倾诉。可是他没有倾诉对象，因为他是大家的开心果，他自己的悲伤和痛苦只能放在心里。

这样的人其实是很容易得抑郁症的。所以我常常讲，你不要去当老好人，不要总给别人当"垃圾桶"，要学会说不。

你是老板手下最好的员工，因为所有人不做的都给你做，其实你已经快要累垮了,可是你为了当一个老好人,你还接下来做。最后你为了不让别人失望,把自己搞的全身是病,值得吗?

很多得抑郁症的人都是很好的人,都是承担很多的人,都是尽量为别人着想的人。所以在面对这一类人的时候,我常常会鼓励他们,要多为自己着想一点,要对自己好一点,必须量力而为,当感觉超负荷的时候,要勇于说不。

许医师这种职业的人,其实也可以说是一个"垃圾筒",要接收很多负面的东西。为了让自己有一个好心态,他培养了一个习惯:离开办公室就拒绝办公。意思是,离开诊疗室之后就把所有的烦恼、担心放在里面,不带回家,跟朋友聊天的时候,或者是回到家庭的时候,就过单纯的家庭生活。

我随时随地都可以让自己像个小孩子一样快乐,我的人生观,开玩笑来讲有两个:第一个是我自从来到地球之后,我从来没打算活着离开地球;第二个就是我来地球是出差、旅游、学习、考察兼玩耍的,顺便尽尽责任。

我还想和大家分享一点,不要相信命运不可改变——虽然说性格有时候会影响命运。有很多人说三岁之前定性格,那不是三岁之后都死定了吗?很多人讲江山易改,本性难移,但是我常常说,不是让你全改,只是让你转个弯嘛。山不转路转,路不转心要转,心不转念头要转嘛。虽然我们的性格是不容易改变的,可是人每分每秒都在变,我们刚参加工作的时候是头角峥嵘啊,容易跟人家起冲突,跟人家吵架,可是过上几年，磨炼之后，我们也比较圆润了。所以觉得，我们的心可以决定我们的想法，我们的想法可以改变我们的情绪，那么我们的命运就可以跟着改变。

虽然我们的性格是从小养成的，可是如果我们愿意改变，它是可以改变的。所以我一直认为人可以改变自己的命运，人可以借着改变自己的思维方式改变自己的惯性，继而改变我们内在的小宇宙的磁场。当我们内在的小宇宙的磁场改变了，我们外在的命运就跟着改变了。

许添盛的讲解让我好久没有回过神儿来，他太能说了，绝对是那种在冲锋前动员大家往前冲的敢死队队长人选，我很欣赏他的口才。细想一下，我们习惯自我的方式真的是太久了，如果没有这样的刺激，我们怎能轻易做出改变呢？至少我们要经常自我审视，我们需要与人交流内心的想法，我们需要时常卸下沉重的包袱，解放自己的身体和心灵。每一次休息都是一个新的飞跃的起点。

第三辑
亲历

- 海地战歌
- 无国界医生
- 走近三军仪仗队
- 在生命禁区做心理咨询
- 专职捉贼
- 留守的孩子们
- 宏志班的故事

海地战歌

2010年1月13日,海地首都太子港发生了里氏7.3级的强烈地震,造成了重大人员伤亡和财产损失。那正在当地执行维和任务的朱小平、郭宝山、王树林、李小明、赵化宇等八位中国维和警察不幸遇难,以身殉职。很多人在怀念他们的同时,也提出了一些问题:海地究竟是一个什么样的国家?他们在那边执行的任务究竟有哪些?他们会遇到什么样的危险?

带着这些问号,我请到了曾经深入采访这些维和警察的作家吕辉,听她讲述海地的故事。

海地这个国家离我们非常远。1492年,哥伦布首航美洲时发现了海地岛,之后很长一段时间,海地沦为殖民地,先是被西班牙统治,后来又被美国武装占领。在20世纪80年代末到90年代初的时候,海地就开始乱了,各方面的势力争斗频繁,总统更换也非常频繁,这也是海地一直需要联合国去帮助他们维持国内秩序的一个重要原因。

吕辉采访的是我国第五支海地维和警察防暴队。一般来讲,每支海地维和警察防暴队执行任务的时间在八个月左右。当然,这八个月经历的危险都是常人难以想象的,这种情况连前去采访的吕辉也未曾料到。

其实最开始我去采访这些维和警察的时候,和很多人的想法一样,觉得维和警察到了那边是去阻止暴力事件的发生的,那么我们势必要以武力来威慑。

但是事实上并非如此。当时我采访第一个战士的时候他就跟我说:"我们以不开枪为荣。"我说:"一个战士怎么能够不开枪?"他说:"不开枪才是你的成功,因为那说明你所管辖的地区,你所帮助的地区,人们是安全的。没用一枪一弹就可以让所有人都非常安全,这才是我们想要的结果。"他这句话一下子就打动了我。他让我第一次感觉到,原来维和是不需要以暴制暴的,只需要让当地人觉得"有维和警察在,我们很安全,很放心",就足够了。

海地这个国家到目前来讲也是世界上最贫穷的国家之一,温度还非常高,经常在四十摄氏度以上,三十八摄氏度算是常温了。而且那儿的居住环境非常恶劣,大多数人住的是铁皮屋。想象一下,三十八摄氏度以上的高温里,你居住在铁皮屋里,连窗子都没有,只有一扇小门,什么感觉?比洗桑拿还要难受。

当地艾滋病、疟疾肆虐传播,很多人别说去看病了,连吃饭都吃不上。一个拳头大的圆辣椒能卖到三十块钱,半斤葱的价格是二十块钱,在我们国内这简直是没有办法想象的。

还有更夸张的。那儿的人最常吃的食品是什么?是泥巴做的饼。很干的那种黄泥,加上一些酥油,加上一些盐,可以去卖。卖到多少钱一张呢？五美分。

　　这就是他们最常食用的东西。常年吃这样的东西，人怎么能不生病？疾病的流传都是因为食品不卫生、气候太恶劣。

　　海地发生地震，死了很多人，但是仍然处于一种无政府的状态。地震之后总统首先躲起来了，见不着了；大家救援都到位之后，他又出来，说希望人民能够挺过这段时间。

　　这个总统还是挺有意思的，我们的战士跟他近距离接触过，甚至还到他的总统府去做过客，送给他一些中国特产。他很迷恋中国的瓷器，所以当我们中国防暴队的队长、政委胡云旺把作为礼物的瓷器送给他的时候，他非常开心。以往他是几乎不接见他国防暴队的，中国防暴队应该算是特例，因为他觉得中国防暴队对海地真的非常友好。中国防暴队在海地大概是提要求最少、上岗最勤快、对海地人民做贡献最多的一个部队，所以他才会和中国防暴队有近距离的接触。

　　至于其他国家的防暴队，他们可能就打一条广告，做些一般的保安措施，但是我们国家的这些防暴队员、维和警察，都是经过层层选拔的。我采访的第五支海地维和警察防暴队，一共是125个人。他们很多是中校、少校，或者少尉、中尉，不管去到任何地方，他们都是一支精锐部队。

　　海地的生存环境比较恶劣，逼得人把尊严放得比较低，我看过一些图片，一些妇女可能当街就赤裸着身体洗澡，而且用的是非常脏的泥水，因为他们缺水。而维和警察去了之后，感触最深的却是当地的蚊子。

蚊子在那儿简直就是轰炸机，一窝一窝地扑向我们的战士，你拿一个电蚊拍，把它绕着你的身体滑一周，可以打死四五十只蚊子。如果你脸上没有采取防护措施就去他们当地的菜地的话，三分钟左右，你的脸上就会起十个到十五个包，然后就肿起来。

曾经有一位女队员，她是疤痕性肤质，被叮过以后，再轻轻一挠，叮咬处就会溃烂，伤口很长时间好不了。后来旧伤上面叠加新伤，最后整条小腿都是黑色的了。当时她只说了一句："千万别让我妈看到了。"她说了这么一句，大家都哭了。

海地的通讯设施很差，打个电话要拨几十次才能通一次，通话时间也有要求，不能太长。而且有时候，他们是不能够打电话的。

一分队指导员张伟宝去海地之前妈妈就已经重病了，但是军人的天职就是服从，他不得不去。他家在一个小山村，临行前，他妈妈拄着拐棍把他送出村口，他当时心里就想，这一去大概会是永别。但是没有办法，必须去。母亲节的时候，他知道他妈妈病重了，但是他连打电话回家的机会都没有。母亲节之后没几天吧，他妈妈就过世了。大家都安慰他，他当时也没有表现出太多悲伤。但后来他跟我说，他知道妈妈去世的那天晚上，一个人走出营房，冲着祖国的方向扑通一声就跪下了，就喊了一句妈，喊完以后一句话都说不出来了，泪流满面。

身为一名军人，在那里的每一天都面临着巨大的挑战，几位烈士甚至在地震中失去了生命。对于他们来讲，最大的危险并不是来自地震，而是来自日常行动。

他们曾经收到过一份很特别的礼物，是什么？手雷。一个小孩子，平时跟他们玩得非常好，那天对着我们的战士就喊"西怒瓦，西怒瓦"。西怒瓦在海地语中就是中国的意思。几个战士就想，这个小孩子喊我们干什么呢？就让他过来了。小孩子跑过来说："叔叔你看，我拿了一个什么东西。"战士就惊呆了，因为他拿的是一个手雷，而且那个手雷有一个地方被压扁了，那就意味着这个手雷随时会爆炸。那小孩完全不知道手雷的杀伤力有多大。

战士当时就让翻译跟孩子说："你能不能把这个好东西送给我啊。"孩子说："不给，这是我捡到的，我不能给你。"

他这么说，是因为海地非常穷，他们捡到什么东西都觉得是好东西。这个战士就对他利诱，说："你看叔叔平时对你好不好啊？给你买糖吃啊。叔叔给你拿点好吃的，你回去带给家里人吃。"然后这个孩子说："那好吧，我就把这个手雷送个你吧。"

战士接过手雷之后，打电话给防暴队的政委胡云旺，问："政委，我应该怎么办？要不要我把手雷带回营地去，大家看看怎么处理它？"政委气得拍桌子骂娘，说："你怎么能够把这么危险的东西带回营地来？现在立刻找一个空地，把它放下，然后留下人保护现场，不要让海地的居民接近这个手雷。"

战士按照胡政委说的，赶快哆哆嗦嗦地把手雷放到了墙角儿。接下来的二十分钟，简直是他人生中最漫长的等待。拆弹专家终于来了，拆卸了手雷，他说："如果手雷炸开的话，起码会有三到五人死亡，这是肯定的。拿手雷的人会粉身碎骨。"

海地作为世界最贫穷的几个国家之一，非法武装横行，非法枪支泛滥，政局动荡，又位于毒品泛滥的加勒比地区，种种因素作用到一起，使这里成了一些国际贩毒分子的天堂。他们将海地作为走私贩毒的中转站，勾结其境内各类非法武装团伙，甚至部分海地政府官员、警察大肆进行毒品贩卖活动，相当猖獗。而海地的非法武装分子为了维持其团伙的正常运转，大多将贩毒、绑架作为牟取暴利的主要手段。部分政府职能人员为在一夜间暴富而置人民疾苦于不顾，玩忽职守，甚至与罪犯分子狼狈为奸，沆瀣一气。

对于维和警察来讲，他们巡逻的时候经常要每一家每一户看一下，看看有没有暴徒存在，有没有人持枪行凶。在这样的巡逻中，经常会遇到抓住一个人一搜就搜出海洛因的情况，抓到毒贩更是家常便饭，就像抓到小偷一样。可见海地的社会治安有多乱。

维和警察的任务之一就是护卫海地的国会议员，因为他们的国会议员互相之间钩心斗角，经常搞暗杀。联合国秘书长潘基文到达海地的时候，唯一指定的护卫他的队伍就是中国防暴队，可见对我们国家的维和警察的信任。

中国维和警察不仅在执行任务时非常出色，还有一项出人意料的绝活儿：种菜！别小瞧种菜这件事，这在海地堪称不可能完成的任务。

因为之前没有过这种先例，所以后来这块菜田成了各国防暴队到我们防暴队参观时的一个旅游景点，很多人都拍照留念。因为海地的土地是不适合青菜生长的，而且天气太热，又没有肥料。战士们是怎么做的？他们往土壤里掺草木灰和粪便，改良土壤。他们还实行"责任田"制度，比如说第一小队负责这一片，第二小队负责那一片，然后这几个小队各自包干到户，互相竞争。

可是，这样搞，搞出了"不良竞争"。大家都希望自己的菜长得好，就会动歪脑筋，去偷竞争对手的肥料。今天你偷了我的肥料，我吸取教训，留人值班，守着做肥料用的大粪。那个场面是很好笑的。

应该说那块菜地完全是他们用汗水开辟出来的，因为原来的地什么都不长，但到最后是什么都长，丝瓜、番茄、豆角、茄子、大白菜、小白菜，什么都有了。他们还在墙上贴了一张纸，上面写着："这是海地的好江南。"

在某个非常重要的授勋仪式上，我们的战士把青菜包了差不多一百斤，当成礼物送过去了。那的确是一份厚礼，厚到什么程度呢？他们把这些青菜在授勋仪式上都做出来了，结果当防暴队的领导走到那个摆放青菜的饭桌旁的时候，发现青菜已经没了，被其他人一抢而空了。

我们的队员们在执行任务之余，还带着当地的孩子们一起学习，一起做游戏。他们教小孩子打拳，还教他们唱我们的歌曲。

后来的战士从国内过去的时候，还特地买了很多东西送给当地的孩子们，包括足球、篮球、书包，上面都印着"中国"两个字，或者是中国的一些特殊的标志，比如像中国地图、孙悟空。

很多海地的孩子学会了唱《我爱北京天安门》，还会打中国拳，学成龙、李小龙的样子。他们逐渐了解了中国的文化。真希望这些孩子可以把这份情谊一代代传下去，并告诉自己的后代，友谊是珍贵的，和平是珍贵的。

无国界医生

医生是大家非常熟悉的一种职业,但是无国界医生,您又了解多少呢?

无国界医生的由来是这样的:有几位法国医生参加红十字会活动,在尼日利亚做医疗救援。红十字会必须遵守《日内瓦条约》,有些人可以救,有些人不能救。当救援活动结束的时候,这些法国医生思考,为什么有些人可以救,有些人就不能救呢?他们认为这件事情不符合医学伦理,所以他们决定成立无国界医生组织。

无国界医生组织成立于1971年,到现在有四十多年的历史了。当有天灾人祸发生的时候,他们就会进行医疗救援活动,目前大概有七十多个国家和地区都有无国界医生的踪影。

可以用这样一句话来总结:本着人道主义的精神,坚守着救急扶伤的誓言,无论你在哪一个国家,无论你参加了哪一支军队,无论你受到了什么样的伤害,只要你是个病人,只要你需要救助,无国界医生就会为你提供免费救援。

屠铮是中国内地的第一名无国界医生,她毕业于北京大学医学院,并且在香港科技大学拿到了研究生学位,然后顺理成章成了一个妇产科主治医生。但她的理想是做一个简简单单的医生,就是治病救人,用她的知识和技术帮助病人渡过难关,所以她离开了原来的岗位,作为一个志愿者去参加了无国界医生的工作。

我第一次见屠铮,觉得她的精力特别旺盛,她的嗓音非常洪亮,打扮也很干练。她当年第一次参加援助工作,去的是一个西非的小国家,叫利比里亚。

当时利比里亚已经经历了十几年的战争,2005年才停火,国家的医疗体系完全处于崩溃的状态。自己的政府帮不了自己的人民,只能依靠外援,它的90%以上的医疗设施都是由非政府组织提供的。但是屠铮最难受的不是环境艰苦,而是很多时候,能救的病人救不了,只能无助地哭泣。

我过去的第一个星期,遇到一个病人,在家生的小孩,产后大出血严重,送到医院之后,我们尝试了所有的办法,都不能止血。

那是一个二十七八岁的女孩子,我救不过来,我就想,要在北京,我有好多办法可以把这个年轻的生命留住,但是在这里,我就是束手无策。

药品也缺,供血也缺,那里的血库不像在北京你可以直接调血的。我当时就坐在手术室的墙角大哭起来,然后我们医疗队长就过来跟我说:"你尽力了就行,我们现在看看我们能想的办法有什么。"然后他就跑到外面去,跟外面等候的家属说:"我们有一个产妇急需用血,谁愿意献血?"这样,他征集了两个献血人,得到大概八百毫升的新鲜血,给产妇输进去以后,真的把她救过来了!虽然问题解决了,但是那件事给我留下了极为深刻的印象,即便现在回想起来,也记得那种特别无助,特别无奈的感觉。

作为一名年轻的医生,突然到了这样一个地方,然后又看到如此之多的病人都处于一个非常无助的状态,怜悯之心,仁慈之心,还有作为一名医生的救急扶伤的急迫的心情,促使屠铮不得不去思考。

屠铮终于调整了状态,决定在艰苦的条件里做好救死扶伤的工作,没想到,她又面临着新的考验——道德底线。在那些条件落后的国家里,有很多儿童遭受了性暴力,而且比例之高无法想象,甚至无国界医生不得不成立一个性侵犯咨询办公室,专门处理相关问题。

这是专门为性暴力受害者提供救助的机构,我们提供24小时全天候的服务。如果有这样的受害者到我们这里来,我们会免费提供咨询,还提供一些药物,包括一些疾病的防治。

另外,我们会给他们提供一些安全场所,因为这样的受害者中,大约80%都是被熟人性侵害的,所以这时候他们特别需要一个安全的地方住几天,进行一些必要的心理咨询。

当时我就觉得不可思议,怎么会有人做这样的事情。我记得我经手的第一个项目,一看我就惊住了,因为我觉得不可想象,那三个病人,第一个十四岁,第二个五岁,第三个四岁。

我觉得眩晕,怎么会有人对这样的孩子下手。后来我才发现,其实这样的事情并不少见。我那种揪心的难过很长时间都消除不了,甚至想避开这份工作。

屠铮有些退缩了,她不忍心看到这些孩子,接受不了这种事情,在性侵犯咨询办公室多待一天都很难受。但是对这个病人来讲,医生非常重要,她可以帮助受害者进行医疗检查,然后写一个医学证明,这是她们能够拿到法庭上的唯一的证据。

我最终留下了,看着那一双双眼睛里的无辜的眼神,我无法离开。仅仅六个月,我就处理过五十八个这样的案例。如果没有我们,这些孩子就真的走投无路。她们没地方去,因为我们是当地唯一一个提供性侵犯受害者服务的机构。一旦办公室叫我,我会马上放下手里的活过去,给她们进行检查,写好医疗证明。如果需要外科处理,我们会一同进行。

那些禽兽应该受到审判,但是即使有了医生提供的医疗证明,那些禽兽们得到的惩罚也仅仅是罚款而已。这真的让人很无奈。

在做无国界医生的经历当中,确实有过很多非常心酸的经历,但也有一些令人开心的、很有成就感的事情。

我是做妇产科医生的,很多人都说妇产科医生最好了,看着宝宝出生,看着新生命出来。这一点我体验到了,而且是"加倍"体验。在非洲的时候,我帮病人分娩、剖宫产,当她们出院的时候,她们就说:"铮医生,我们这孩子起名就叫铮,跟你一样。"你没法想象一个非洲的孩子,起的是中国的名字。这让我很感动。

还有一件事情,我一直记忆犹新。因为那里的医疗条件非常有限,所以那里的孕妇在整个孕期都是没法进行孕检的,更别提B超了。但是偏偏那个地方又是一个多胎率很高的一个国家。可能是因为水土不同,在北京平均64次怀孕才会产生一对双胞胎,而在这里,平均10次怀孕就会有一对双胞胎。很多孕妇到了分娩的时候才知道自己怀的是双胞胎。

当时我们有一个病人就是这样,她从来没有做过产检,临产的时候来了我们的医院,然后在产房顺产了第一个孩子。顺产完了以后,过了一个小时,第二个孩子还没生出来,助产师就给我打电话,说:"铮大夫,你来看看吧,我估计这回你得做剖宫产了,这个双胎,第二胎生不下来。"我说:"好吧,你准备准备,把她送到手术室。"当时我们就给孕妇做了剖宫产,然后我一检查胎盘,里头竟然还有一个!后来大家都特别高兴,因为三胞胎都很好,母亲也没有什么并发症。最后收拾器械的时候,我们的许多护士都在唱歌。

在一次次的交流过程中,屠铮与非洲居民建立了深厚的友谊,她的很多队友更是老非洲了,有的甚至在无国界医生组织服务了几十年,经历过历史上一些重大事件,比如卢旺达种族大屠杀。种族屠杀真的是惨绝人寰,在一百多天的时间里,50万到100万人被杀,这个数字真的让人瞠目结舌。当时国界医生也到达了这个现场。

我跟这样的一个医生共事过一段时间,那是在南苏丹的一个项目里面。他是一个老牌"无国界"了,有二十多年。他在卢旺达这个项目里面工作过,他说那个时候真的很恐怖,他去救人的时候,屠杀的那一方看着他们说："你救吧，你今天把他救活了，明天我再把他杀了。"所以无国界医生就发现凭着他们的医术是救不了这些人的。他们决定站出来，告诉世界的人民，在卢旺达正在发生着什么样的事情。

无国界医生有两个宗旨，一个是医疗救援，就是医生和护士真正到那个有需要的地方提供医疗救助；另一个是做见证，你把你亲眼目睹的事情告诉世界上的人，然后让世界上的人来一起帮助这个地方。你看到了种族屠杀，那就应该让世界上的人来谴责这件事情，来制止这件事情。当时就是无国界医生最先站出来告诉大家，卢旺达正在发生的是怎样一件惨绝人寰的事情。是他们的努力促使联合国派驻了维和部队到那边去制止事态的进一步恶化。

他给我讲了很多种族屠杀中见到的例子，简直非人类。有一个当地女员工，本身是不在被屠杀的种族里面的，但是她爱人是，所以她怀的孩子是。然后，刽子手们拿着一个名单就来了，说："我们要把你的孩子杀掉。"但是他们杀孩子的时候，根本就没有考虑到这个女的到底能不能存活下来。结果就是，胎里的孩子被杀了，母亲也被杀了。那完全就是没有人性的事件，刽子手们都处在一个疯狂的状态。所以无国界医生决定撤出，然后在世界上做一个见证，告诉世界上的人民那里在发生什么。

听了这样的讲述，我不禁问屠铮："听到这样的故事，会不会觉得自己很渺小？会不会觉得自己所做的一切其实没有想象中那么有效果？"她点了点头。

会。当时我在一个项目中,跟一个外科大夫是队友,我在妇产科,他在外科。接手第一个项目的时候,我们接到两次紧急撤离通知,让我们撤到首都,或者撤到邻国。当时我就问他:"你觉得在那种地方,对当地的人真的有帮助吗?"他说:"其实有很多时候,做医生的关注的就是那一针,那一线,那一台手术,或者说就是那一个生命,就是你对于那一个个体的救助。那些就是你工作的全部意义所在。"

换句话说,我们去提供医疗救助,针对的是个体。但是对于整个社会来讲,提供的是一份希望,就是让那些处于困境的人觉着他们不是孤立地在那里经受苦难,世界上有很多人在背后支持他们。来自不同国家的志愿者去他们那里,帮他们生孩子、治病、治疗创伤,他们会觉着他们不再是一个孤立的群体,而是被关注、被帮助的一群。所以我觉得这个意义可能更大,因为它是一份希望。人活着凭什么?凭一份希望。

屠铮是无国界医生团队当中的一名普通成员,却是资源匮乏地区无数病者人生的希望。面对生命,面对死亡,无国界医生本着人道主义的精神,坚守着救死扶伤的誓言,让我们向他们致敬吧。

走近三军仪仗队

许久不见的老朋友刘小晖有一天给我打电话说她"潜伏"了三个月之后，用了半年的时间写了一本书叫《大国威仪》，是关于三军仪仗队的。我很好奇，一个娇小的女子是如何混迹于平均身高都在一米八五以上的壮汉中，打开他们的心扉的？看了书，感触颇多。

世界上每一个独立的主权国家都拥有自己的仪仗队，早在四千多年前的华夏部落就已经有了"观兵以威诸侯"的记载。18世纪后，西欧各国均以仪仗队展示军威。两百多年前，美国组建了仪仗队，由其在历史上战功卓越的陆军第一师第一团第一营担任，而前苏联仪仗队则诞生于第二次世界大战时期。1952年3月，中国仪仗队组建，六十多年来，他们的一举一动无不彰显国威、军威。

在这里要说一个我在采访中曾经闹过的笑话。十几年前我要采访三军仪仗队的一位战士，结果我找到了国旗班，然后国旗班的领导跟我说："孩子你找错地儿了，我们不是一个编制。"那时我才知道，每天在天安门广场升旗、降旗的是中国人民武装警察部队的武警战士，是国旗护卫队。刘小晖"潜伏"的三军仪仗队，实际上是陆军编制，执行任务的时候穿的是陆海空三军的军装。

美国前总统尼克松说:"中国仪仗队,是我看到过的最出色的仪仗队。"英国女王伊丽莎白二世盛赞中国仪仗队是"世界一流"。日本明治天皇都曾经在红地毯上向中国仪仗队鞠躬致谢。美国前国务卿基辛格感叹:"中国仪仗队纪律严明,是我随总统出访中印象最深刻的。"

这支担负着司礼任务的特殊部队是重大历史时刻的亲历者,也是中国外交发展的见证人,这种赞誉与荣光从未离开过他们。但是刘小晖关注的还不只这些,她做了统计:"随着中国外交事务的发展,他们这支部队几乎是平均每两三天就行动一次,到目前为止已经成功完成三千多次了,没有任何失误。"

三军仪仗队现在的选拔标准很严格,身高必须在一米八五以上,臂长跟上身有比例要求,五官要端正,眼神也很重要。身上不能有刺青,不能有疤,这些都会在二次体检时列为选拔标准。据说这个选拔要求不亚于飞行员和潜水员,可以说是万里挑一。

他们的训练真的是非常严格,就说这站姿,两个大头针,别在颈部的衣领上,如果颈部不端正,就会被针尖扎到。

仪仗兵练习军姿,每天要用掉四副牌,这是为什么呢?这主要用在了标兵身上。大阅兵的时候金水桥和长安街两旁有标兵,那就是三军仪仗队的战士,2009年的时候有六十人。他们最先上场,最后撤离,要站六七小时。标兵站岗的时候第一不能出问题,第二不能上厕所,第三还要保持眼神。他们平时训练是怎么用这四副牌的呢?我给你举个例子,标兵的五指并齐,要垂立在腿的两侧,裤线这个位置,左右各夹一张牌。你稍一松懈，牌就掉了。两膝之间还要夹一张牌，同样，牌掉了就是站姿不合格。每个标兵每天训练就这样夹着纸牌，纸牌被汗水浸湿了，每天湿四副。而且标兵训练不是站在地上，脚底下要垫一块砖，立着，砖上面还有一块木板，标兵要站在木板上面，如果站不稳，人就摔倒。

正是基于这样严格的训练，仪仗队的战士们才能获得各国领导人的高度评价，才能多次受邀走出国门。参加墨西哥国庆庆典那次采访，刘小晖印象最深刻。

他们刚到墨西哥的时候，别人不知道他们是中国人，就问："你们是日本人吧？要不就是韩国人？"作为中国军人，听到这话心里很难受。他们在活动中行进，整整走了十公里，因为不知道目的地在哪里。穿着马靴正步齐步走十公里是什么感觉？有的战士双腿都磨破了，但是依旧英姿飒爽地挥着国旗整整走了十公里。

等活动结束以后，他们再上街的时候，穿便装，很多当地人已经知道这是中国人。他们在坐游览车的时候问日本人："你是中国人吗？你们的小伙子很厉害。"

接下来关于李本涛的故事，更让我热血沸腾。

1997年7月1日零时零分，香港回归祖国怀抱，五星红旗在百年英属殖民地香港缓缓升起。我们看到的是短短的45秒钟画面，三军仪仗队的队员付出的却是成千上万次的练习。

李本涛现在是三军仪仗大队大队长，香港回归的时候他是指挥官。

当时有一个插曲，就是有一次演练过程当中，李本涛去跟英国的指挥官握手，而英国的指挥官没有跟他握手，扭头做了一套自己的英国仪仗队指挥官的指导礼。现场有很多媒体在观看，气氛很尴尬。

这是外交场合，仪仗兵是代表中国的，英国的指挥官这样表现，李本涛怎么办呢？我现在先不讲这个，留个悬念。

我往前推，李本涛担任香港回归交接仪式指挥官的时候，他当时想，这实际上是中英两国在没有硝烟的战场上较量，心里都有一股劲。李本涛观摩了世界上所有的仪仗队指挥官的指导礼，没有一个国家的指挥官收刀的时候不低头，不管他有多少套动作，刀入鞘的时候全都低着头，刀才能入鞘。李本涛就想，如果想在政权交接仪式上取胜，也就是说我作为刀客，要在交锋时打败英国的指挥官，我一定要有绝招，我得出奇制胜才能打败对方。其他动作都差不多，只不过看谁的动作更干净漂亮一点，但没有奇招。他想，我能不能不低头就让刀入鞘啊。

听到这儿的时候，我突然想起了古龙先生的《天涯明月刀》，傅红雪终日拔刀数万次，练得刀手一体。不看刀入鞘是武侠作品中常见到的景象，但是在真实的生活怎么可能呢？这简直就是杂技啊。而且这与平常还不一样，那是1997年7月1日，不能有任何闪失。这一招你练不好，刀插到手上怎么办？那就演砸了。

事实上，在上万次的练习过程中，李本涛确实插到过手，手上留下很多伤痕。直到刘小晖采访他的时候，他的手上还有一块明显的疤痕，那是最严重的一次，手上削掉了一块肉。

既然如此，李本涛没有一句怨言。三军仪仗队的战士都有一个信念，那就是必胜。既然接受这个任务，就要完美地完成它，不管中间遇到了什么挫折和困难，都抱定必胜的信念。

咱们接着回到那个尴尬的瞬间。李本涛伸出手，意思是表示友好，但是对方表现得非常不友好，把李本涛晾在那儿了。英国的指挥官自己做了一套动作以后，往那儿一站，看着中国的指挥官。李本涛就收回手，也刷刷刷地拔刀、拖刀、立刀、撇刀、举刀，然后准备收刀。收刀之前，他举刀的右臂故意停顿了几秒，所有的目光都聚焦在他手中的指挥刀上。现场很静，大家都盯着他。其实我觉得他蛮聪明的，这么做是故意吸引注意力。当大家都专注地看着他的时候，他正视前方，刷一下，没看刀，干净漂亮地让刀入了鞘。这时候，全场一片惊叹。

最帅的还不是这个。李本涛收刀之后，掌声响起，在众人的注视下，他又转过身，第二次把手伸向英国指挥官。这个英国指挥官终于很有礼貌又不太好意思地跟他握了手。

三军仪仗队还有一项特殊的任务：抬花篮。我们经常在电视上看到国家领导人在重要的日子在天安门广场向纪念碑敬献花篮，那些花篮就是由三军仪仗队的战士抬上去的。有些朋友可能会说："这项任务应该是比较轻松的，就是步子缓一点，抬高三十公分走嘛。"最先我也有这样的误解，听完刘小晖的讲述我才知道花篮是非常沉的，因为它底下有一大半是水泥铸成的。

花篮必须达到一定的重量，不然放到那里，敬献完以后风一刮就吹跑了。每个花篮重120斤，两个战士抬，用胳膊抬，不能互相看，不能看脚下，不能看花篮。抬花篮的过程中两臂不能随意动，因为人一动花篮就要动。行进的过程中，两个士兵的步伐要一致，比如一步迈30公分，那两个兵都要30公分，而且步速要匀，你不能像走正步一样，你还要配上音乐。音乐是我们军乐团第一任创始人，也就是《解放军进行曲》的作者罗浪老人的作品，叫《献花曲》，是比较深沉又特别饱含深情的曲子。让步子跟上这样节奏缓慢的曲子是很难的。

抬花篮的时候不能看，只能凭感觉，战士之间的默契完全就是在下面练出来的。他们日常练习抬的是吉普车的轮胎，那轮胎很沉的，上面还要放上水泥大方砖，甚至要有一个人坐在上面。他们用一个扁担型的木棍抬着，没几天木棍就折断。你能想象在夏天的时候穿着马靴做这种练习是什么滋味吗？有两个服役十年的老兵半开玩笑地跟我说："看到那个方砖都有干呕的欲望。"

在我们看来简简单单一个献花篮的仪式，背后凝结着士兵们那么多心血。历史的每一次进程都离不开无数沉默的英雄，再宏大的场景也皆由细节构成。没有什么比一名普通士兵的成长更能够感染我们的。他们的训练场是9600平方米，但仪仗兵们日复一日，年复一年地描摹着的是960万平方公里的国家形象。

在物质发达、信息泛滥、精神浮躁的时代，看看这些战士的所作所为，对于普通人的心灵是一个洗礼。祝训练场上燃烧青春和激情的每一个身影在前行的路上一帆风顺！

在生命禁区做心理咨询

在青藏高原有这样一个地方，它如地球的骨节般突兀地隆起，像天际的一个孤独的犄角。它是青藏高原最高的地方，以其平均海拔4500米的高度，被称作世界屋脊上的屋脊，它就是阿里高原。有人说阿里很神秘，有人说阿里很冷酷，但当我见到汪瑞的时候，却丝毫看不出阿里给她留下的神秘或者冷酷的痕迹，感受到的却是一股暖意。

这位在阿里工作生活了十四年的女人，留着短短的头发，眼睛大大的，看你的时候，就像一汪水泛着涟漪，如果不是穿着一身军装，而是穿一身旗袍，绝对有二十世纪二三十年代的电影明星范儿。当你开始跟她聊天，那种轻轻柔柔的声音经话筒传到我的耳膜上，那震动的频率又让我想起了午夜情感节目的女主播，但不是矫揉造作那种，相反，里面透着朴实和坚定。

汪瑞曾经是一位不幸的绒毛膜癌患者，却幸运地治愈了，还奇迹般地有了自己的儿子。曾经是一位平静生活在城市驻军医院的文静护士，却毅然决然地走进了高原，成为了生命禁区的第一位心理咨询师。

当说起为何上高原的时候，她说得很客观。

第一个原因就是我听了我们喀喇昆仑先进事迹报告团做的事迹报告，特别感动，我觉得戍守高原的边防官兵特别伟大，我很希望成为他们中间的一员。第二个原因就是我老公就在边防连当连长，有时候说到他们高原部队的情况，我觉得他们那些表现是很反常的，因为我在医院的时候在做临床心理学这方面已经有一点经验了，我觉得战士们在艰苦恶劣的环境下会出现心理健康问题，我希望能为他们做些什么。第三个原因是一点私心，跟我老公结婚以后他一直在边防连工作，我在驻军医院，结婚以后团聚的时间很短，有时候一年只能够见上一个月，甚至一个月都不到。如果绒癌没有治好，我就死掉了，夫妻都没有好好在一起团聚过，所以病好之后，我决定调到高原去，跟他在一起，哪怕日子再苦，有人陪伴也可以尝到一些甜。几个因素综合起来，我就找领导说，我坚决要求上高原工作。

但是客观讲，汪瑞当时还是有些冲动了，她没有认识到喀喇昆仑山平均海拔5000米以上，这个地方被生物学家称作生命禁区，这个意思就是说这个地方不适合生命生存，无论是人还是动物。当地有一句话："地上没有草，风吹石头跑。"生命禁区没有动物，甚至没有植物，地理学家把它叫永冻层，就是说这个地方的冰冻层永远不会融化，地面冻得很坚硬，像石头一样。汪瑞老公所在的边防团就在这样艰苦的环境里生活，自从它组建以来从来就没有女同志上去守防的先例，汪瑞是第一个。

刚刚到达驻地的几个月，坦率地说，汪瑞后悔了。

和自己想象的非常不一样，简直是天壤之别。我们戍守边境线，过的似乎是平静的生活，但是这个平静中间有很多很苦涩的东西，渗透到你生活中的每一个缝隙，每一个角落，叫你躲不开。比方说呼吸，空气中的含氧量还不到平原地区的一半，这会引发高原反应。头痛，痛得好像要裂开一样，喘不上气来，胸闷，像是大石头压住了一样。

这还算轻的，还有更苦的。当时我们条件很差，用水要到小溪边去提。在那个地方，医学家做的测算是，人静坐在那里，相当于在平原地区负重20公斤跑5公里，你说还要提上一桶水从溪边提回来，那有多难？更难的是，山上的水四季都凉得刺骨。你手伸进去洗衣服的时候觉得水都变成了小钢针，一针一针刺到骨头上。手从溪水里拿出来还没有来得及擦干，就感觉手稍微有点黏，那是因为水冻到手指头上，五个指头冻到一起了。我们每天都在重复这样的生活……

汪瑞初到喀喇昆仑山的时候，岗位是卫生所的医生。心理咨询并不在工作职责之内，是她自己主动去做的。后来，那里建了第一个心理咨询室，开通了第一条心理咨询热线，开办了第一个心理咨询网，都不是汪瑞的职责要求之内的事情。她自己动手做起来，成规模了，广大官兵的需求多了，汪瑞就专职做心理咨询了。

最开始做咨询的时候是一对一面对面的形式，有的战士不方便去见她，就打电话，汪瑞就在电话那头做知心姐姐。现在，汪瑞更多是下连队，直接走进各个连队跟战士们聊天。聊了才知道，那些在高原戍边的官兵其实有很多心理问题。

比较多见的是恶劣环境导致的不良情绪，比方说抑郁、焦虑、压抑、烦躁等，这方面他们咨询得比较多。我还是讲一个小故事吧。我比较熟悉的一支高原工兵部队，里面有一个小战士，有一次他陪领导外出，中途休息的时候看到了树，竟然看呆了。我解释一下，从昆仑山上下来以后，地势相对平缓，但还没有完全走出山，一般车队都会在那里停一下，大家去小解一下。那个小战士就是在那个时候看到树的。领导说："你赶紧上车，待在那里看什么？"他跟领导说："团长你看这个树，它怎么就这么好看啊。"

这样的故事还有很多。有几个汽车兵从山里面出来，因为车被洪水淹没了，他们只好徒步。走出来的时候，他们看到绿树，跪在树跟前抱着树哭得站不起来。

高原上没有绿色，所以我特别能理解战士们这些表现，因为我每一次在山上守防出高原的时候，感觉是"回到人间"。人间有植物，有羊，有鸡，有老人和孩子。但是我们在山里面面对的是清一色的军人群体，面对的是极为严峻的自然环境。没有人去喊口号，没有什么轰轰烈烈，但是你每一天都在抗争，和严酷的大自然抗争。

这些战士每天都在与自己的极限做抗争，而且牺牲比比皆是。汪瑞不想过多去渲染，只举了一个例子，是每天与她并肩工作的同事郝医生。

郝医生的牺牲让人特别揪心、难受。他是在巡逻途中迷路的，他在山窝里面冻得蜷缩成一团，冻硬了，后来救援队找到他的时候都没有办法把他的遗体舒展开来，只好就这样把他端回去，端回去还是一团，没有办法。后来炊事班就烧了一大锅温水，把他的遗体放到锅里边。他在锅里面慢慢舒展开。明明知道这个人已经走了，但是大家还有希望，希望他这样舒展之后下一秒会醒过来呢。但是，舒展之后的郝医生躺在锅底就是像睡着了一样，仍然没有丝毫生命迹象，当时在场的人，就连男子汉都号啕大哭。

我听到这里心情也很沉重，就问她："那边交通工具、通讯设施都跟不上，如果迷路再赶上非常恶劣的天气，牺牲就是必然的啊？"我以为得到的答案是肯定的，但汪瑞摇头苦笑。

没有去过那里，你真的不会理解，当时那里根本就没有什么交通，你说的这些词汇太城市化了。郝医生去世的时候，所谓的巡逻路就是人和马踩出来的。我遇到过好几场大雪，那雪片大得真像蝴蝶一样，密密麻麻飘下来，好像天地间很快就填满了。别说郝医生一个人掉队，遇到这样的情况，即便是几个人一起走，都很难找到一条路走回去。我们曾经有几个通信兵出去寻线，几个人一起遇到这样的大雪，一起困在外边，其中就有牺牲的，有致残的。所以我们在山上的时候是把电线杆当成生命线，只要你能找到电线杆，顺着这个线走，就能找到边防连。

所以说这些驻守在生命禁区的边防连的军人们，每一次执行任务都有可能是最后一次。长期生活在这样的环境当中，他们内心承受着非常大的压力，他们真的很需要一个知心姐姐，需要一个心理咨询师。这也是我十几年来坚持留在那里的原因。我和他们不仅仅是朋友关系，更是亲人关系。我有很多次离开高原的机会，但我没有走，我舍不得他们这个群体。

我在我们营的时候，曾经有个新战士当面对我说："我到这个地方来当兵都觉得特别苦，忍受不了，我想象不出来，你这个年纪，还是个女的，还在这儿待这么多年，你是怎么坚持下来的？"我当时给他的原话是："我能够在这里坚持到今天，是因为你和你所在的这个群体。"

为了这些战士，汪瑞坚持了十四年。她和爱人都在高原不同岗位上工作，有一个人在日夜想念着他们，那就是两位的孩子。孩子名叫陶冶，现在长大了，目前就读于人民大学。陶冶是怎样看待爸爸妈妈去高原工作这件事的呢？

妈妈离开我去高原工作的时候我还小，她刚走的时候我也没觉得什么，但是他们走的时间一长我就特别想他们。有一段时间还很不理解，为什么要离开我到那么艰苦的地方。直到有一次无意当中看到妈妈写的日记，就此改变了很多想法。我在日记里看到我妈在山上生活得很艰辛，还要冒着生命危险在那里守防，我想生气也生不起来了。之前我也劝过我妈，还是下来比较好。把日记看完以后我觉得好像山上的叔叔们比我更需要她。那种生活很孤独很寂寞，不知道那些叔叔怎么坚持下来的。所以我觉得妈妈的努力还是值得的。

汪瑞这次来北京参加我的节目，陶冶是全程陪同的，整个采访的过程中他一直默默坐在妈妈身边做一个倾听者，一下午只说了上面的一段话，但妈妈的泪水瞬间就倾泻了下来。汪瑞后来单独告诉我，自己觉得亏欠孩子太多。她在上高原之前和爱人有一个约定。

我跟小孩的爸爸之间有个约定，就是我们在山上不要坐同一辆车出去执行任务。因为新藏线219国道这个路特别险，你走在这条路上可能一天都碰不到一辆车，但是你沿途能看到很多车的痕迹，破碎的车的残骸什么的，摔得不成型的车停在一旁。甚至有一些车从山顶摔到山脚去，滚落着，没有什么完整的东西留给你，就是一些零部件沿途散下来。这些我都是亲眼见到的，一直摔到山底，特别危险。所以没有任何一个人能够保证自己不出意外。我和他爸都在高原工作，我们约定尽可能不要坐同一辆车，因为他是军人，我是军人，我们选择了高原、边防，我们履职尽责是我们应该做的，但是孩子是无辜的。我们两个即便有一个出了意外，至少孩子还有一个亲人，有一个父亲或一个母亲在世界上。

到节目播出的时候，依然有很多像汪瑞一样的战士在极端恶劣的条件下戍守边防。汪瑞送给我她的《当兵走阿里》时，眼中充满了期待，说："我真的非常希望有更多生活在和平环境里的人能够看到这本书，因为我觉得现在的人关心的更多的是生活质量、幸福指数，奉献、牺牲这种话题离我们似乎特别遥远，但我还是希望人们能够意识到，这样一种幸福，这样一种和平，是有人付出了巨大的代价换来的，我们应该加倍珍惜今天拥有的幸福、和平、安宁。我希望这样。"

汪瑞的坚韧令我们肃然起敬，也让我们感知到，在这个很多人避谈崇高和英雄的时代，有那么一群人正在为我们的幸福献出青春和生命，从而应该更加懂得珍惜与感恩。

专职捉贼

贼，又叫小偷，还叫扒手，也叫三只手，自从有了公共汽车，便衣警察就和贼们在这上面开始了一场永不停止的较量。

有两种人坐公交车从来都是站着，一种是贼，一种是抓贼的。提到贼，我们大家都咬牙切齿，但是也有一些人有这样的想法，扒窃，跟抢劫、杀人比起来好像是比较低档的一种犯罪方式。但从抓贼的内行眼里看，扒窃是一种技术含量非常高的犯罪。能够从事扒窃犯罪的人，心理素质和贼术都是很高的。

字向东来自北京市公安局，他的任务就是跟着这些抓贼的高手上车，偷拍他们抓贼，记录他们抓贼的事，让老百姓知道有这么一帮人是这样抓贼的。首都公安里最有名的十个便衣警察他都跟拍过。

坐在我对面的字向东高大威猛，穿着警服，分外沉着，但说起那些偷拍的经历，瞬间便激动起来。

这一类犯罪，是对咱们老百姓人身和财产威胁比较大的犯罪。好多人认为，贼嘛，不就是小偷小摸。其实不是。举个例子，我看到过一个大男人带着孩子哇哇哇坐地上哭。他是来北京同仁医院给孩子看眼睛的。孩子眼睛不好，家里的钱这几年已经折腾光了，从村里借几千块钱来看病，可一下车，发现口袋被划了一个大口子，分文没剩。您想想，身在异乡，整个活路被断了，咱们心目中的小偷小摸对于他来说就是罪大恶极。

我们很希望天下无贼，但是现实告诉我们，猫鼠较量从未停止。首都有一支专业的反扒队，每年都能够拆掉几千个贼窝，队里的人都身手不凡，北京乃至全国的大小贼，没有不知道他们这些人的。这伙人（甚至还有个大姑娘）个个都是侠肝义胆，智勇双全。他们的故事连在一起，就是一部充满传奇的抓贼史。

一个六月的上午，一辆4路公交车缓缓驶入木樨地车站，车站里有十几个乘客，看到车进站都急着上车，只是谁也没有想到，一个贼紧贴在一名男乘客身后上了车。他的手神不知鬼不觉地从下边摸向了乘客腰间的手机，那个熟练劲儿，内行一看就知道是个老手。在车门关上的一刹那，手机已经到了贼的手里。

突然，一只手从车下边伸了上来，啪的一声，把贼的腕子抓住了。与此同时，车门咣当一声关上，抓贼的那只手被车门死死夹住。这只手就像五爪钢钩一样，抠到了肉里。贼疼得一咧嘴，手里的手机想扔都扔不掉。全车的乘客都傻了眼，睁大了眼睛瞅着那只手，都不知道出了什么事。这时候，有人大喊一声："开门，警察！"车门一开，众人抬头一看，出手抓贼的是一个中年男子。他一米七五的个头儿，黑黑的脸膛，一双大眼黑白分明，不过里面挂着不少血丝。他上身穿着灰色夹克,下边是一条洗得有些发白的牛仔裤。这个人叫周飞,四十出头,北京市公安局公交纵队反扒大队的一名探长,绰号拼命三郎。

拼命三郎抓贼上瘾,怎么说呢,抓贼这个行业,可能老百姓不了解,它是公安里面一个工种,技术含量非常高。因为每抓一个贼,都要经过发现、跟踪、控制、抓获这四大环节,缺一不可,任何一个微小的差异,微小的变化,都可能使整个行动前功尽弃。所以说这个行业既有挑战性、又有复杂性、曲折性,抓贼的人自然而然就上瘾了。

好多人把抓贼比喻成猫捉老鼠。其实不一样。你是老鼠,猫就可以抓你。贼就不一样了,明明你是贼,必须还得有扒窃的过程,捉贼捉赃嘛,所谓人赃俱获,否则就不能捉。所以抓贼非常难,贼偷不出来,你就不能抓他。有的时候,民警跟了好几个星期,好不容易发现贼了,又跟了一天,但就是不能抓,最后目送这个贼走了。经常有这种情况。

字向东在和我聊天的过程中把他总结的反扒秘籍贡献了出来,第一招就是"心中有贼"。如果你能时刻做到心中有贼,就算扒手再狡猾,手段再高明,他也不会得手。大多数人被偷,都是因为疏于防范。不仅是普通的百姓,记者上车拍抓贼,好多连自己的钱包都被偷了,有的甚至偷拍机都被偷了。据说一些新警察把全部注意力全集中在抓贼上了,就把自己给忘了,刚巧遇到老贼,反倒被偷了。

这个贼呀,为什么管他叫贼呀?你身上钱包的薄厚,他用手这么轻轻一碰,行话叫一捋,一勾,有干叶子,就是有多少钱,他立马就知道了。但是如果您有防范意识了，心中有贼，即便是神偷也拿您没办法呀，对不对？

字向东记忆的闸门一下打开了，又跟我讲起了"小李飞刀"的故事。喜欢武侠小说的人都知道古龙笔下的小李飞刀。那绝世的一刀，刀出魂断，让人目眩，令对手胆寒。如果把从事抓贼工作的人比作武林中人，那其中的小李飞刀应该就是李振民了。

李振民是一位抓贼高手，也是很多记者都愿意跟拍的对象。他三十岁出头，看起来弱不禁风，但出手如电，技艺超群。许多贼是恨他入骨，更多的贼是没有入这一行之前就听说过这位"瘟神"大名。当然，这"瘟神"是带引号的。别看他还不到120斤，浑身上下一团神气，他一天里最多抓过11个贼，破了当时的记录。

记者希望记录李振民抓贼的过程，那时候偷拍机比较简单，就一个手包一夹，天天在大街上转悠，一下就转了两个星期，没看见贼，记者都累得受不了了。那天中午，到了西直门那边的719路车站，李振民说："我在车站再扫一圈儿。"他到车站的时候，看见一辆719路公交车刚刚要关门，门口有一个男青年扭头就从车上下来了。按照咱们正常思路理解，这肯定不对。李振民通过眼神就看出那人是贼，而且那人手里有东西。但是李振民分析，事主肯定已经上车了，那么这个贼肯定有同伙还在车上，他一个人得手了就先下来了。李振民就跟着这个贼，盯着他的一举一动。这个贼到了一个冷饮摊前，把一个黑钱包拿出来，数里边的钱，把钱拿出来以后，扔掉了空钱包。这下可以肯定了，这个钱包是偷的。

这个时候，李振民就跟同事打了个招呼，上去把这贼抓住了。但是这个事没完呢，公交车已经开走了，事主，还有贼的同伙，肯定都在车上，要没有事主，案子就立不成了。所以，李振民马上就把注意力转移到追那辆719路公交车上了。

他先上了一辆自行车的后座，然后一亮工作证，告诉那个小伙子："你给我追那辆719。"那小伙子挺听话的，就玩命骑车追。那是六月份，大夏天，两个人累得一身汗。追着追着，李振民看，不行了，追不上，越追越远。然后他下了自行车，上了一辆摩托车，又接着追。最后七拐八拐，终于在719到站之前把它截住了。

李振民上了车就问："谁的钱包丢了？"那事主马上就反应过来了。还有一个小伙子说："我的钱包丢了，里面有两千多韩币，还有点人民币。"李振民一看，乘客堆里有两个贼眉鼠眼的人。在反扒高手的眼里，贼的脸上就像写了"贼"字一样。他把这两个贼抓出来，人赃俱获，没有冤枉他们。这个案子漂漂亮亮就破了。

后来，这个节目在《焦点访谈》以及全国各省市的好多电视台都播过。"小李飞刀"一战成名，这个故事是我亲历的。

字向东经历了很多抓捕过程，他告诉我在外面要做到"财不外露"，因为扒手犯罪的目的只有一个字：钱。没钱的人，他不会惦记，钱少的人他也不会去偷。有一种情况他们是最喜欢的，那就是事主自己露富，行话叫露白或者是展财。生活中真有一部分人喜欢展财，特别是在商场、车站，甚至公交车上。人越多，他越喜欢打开钱包看。平时扒手还要花精力去观察你钱包的位置，挤来挤去，寻找下手的位置。你要是展财，他就省力了。

在首都的反扒民警中，有一位比贼还"贼"的人叫刘忠义。据说有一天，刘忠义感觉后边有人跟着自己，他觉得好笑，自己抓了快二十年的贼，都是跟着贼走，没想到有一天也被人跟踪。后来才知道，后边跟着他的那人也是便衣，是个新手，还没把队里的哥们儿认齐呢。

不过也不能怪别人，刘忠义的长相确实有点对不起观众。眼睛小吧，还贼溜溜的，皮鞋被踩得刮花了，再配上一条洗白了的破牛仔裤。这样的人在自己人眼里是标准的贼，在贼眼里那绝对是自己人啊。不过刘忠义喜欢这种感觉，因为贼有时候会往他身上撞。这样得天独厚的条件哪儿去找啊。

刘忠义的一次抓贼行动给我留下了深刻的印象。那是在现在的小瓦窑，就是在咱们京城的最西边。那一年，他跟上了一拨贼，共四个人。跟了几天以后，这拨贼突然消失了。刘忠义也不知道是因为什么，是自己露了马脚，还是什么别的原因？他甚至分析是不是这伙贼突然家里有事，回老家了。抓贼的人，一旦爱上这一行，他心里就有点着了魔似的，后面的很长一段时间，他每到小瓦窑那一带都想这件事。那四个人到底回没回来呀？他的工作重点都不由自主地挪到京城的西边了。

整整过了一年，刘忠义突然发现这几个人的行踪了，他们就住在一个小旅馆里。刘忠义为了抓这伙人，他自己还有他的同事都住进了那个小旅馆。第二天早上四点多，这帮贼起床奔车站去了。刘忠义跟他的同事就在后面跟着。

就这样，刘忠义跟着这四个贼坐车来来回回好几趟。要换一般的没有经验的民警，或者一些形象高大的、浓眉大眼的民警，早就被贼看出来了。刘忠义跟别人不太一样，他不修边幅，本身形象就差一点，常年穿一件又黄又旧的夹克，一双都快磨平了底的皮鞋，一条破牛仔裤，再加上一副尖嘴猴腮的样子，你想想，一般的乘客都不会把他当成好人，那么贼对他肯定放心了。

这几个贼没发现什么异样，就踏踏实实在那儿偷东西了，赃物刚刚到手，刘忠义过去，一把就抓住了他的手。抓贼讲究火候，这太重要了。贼伸手这一刹那，我们行话叫入壶，拿了钱包以后出来这叫出壶。你不能抓早了，抓早了，他手没进去，抓贼你没赃；你抓晚了也不行，抓晚了，如果这把出来的是零钱，是现金，揣兜里，你说不清楚这钱是谁的。就得抓得不早不晚，事主的钱包正好攥在贼手里，拿在空中或者按在兜里。这个火候最难掌握。刘忠义这一把就算抓着了，抓瓷实了，让贼想赖赖不掉。所以这四个人心服口服。

字向东告诉我，贼的眼神与众不同，行话叫"贼输一眼"。贼的眼神跟一般的乘客不一样，他眼神低，这是一个特点。一般看人是直视，但贼不是，贼的主要精力在你的兜和你的包上，所以目光要比正常的人目光低。还有一点，就是所谓的做贼心虚。贼不敢跟咱们对眼神，因为他想偷你，他一碰你的目光就会躲开。所以也提醒读者朋友，您要遇见这种情况，要格外留神。

当然，我们希望有生之年真的可以天下无贼……

留守的孩子们

"我感觉到在家乡虽然苦,但是生活还过得不错,我想以后等我有了钱,去小区里面买一座好房子,并把爸爸妈妈接到里面去,一起过上幸福的生活。"

写这段话的孩子叫徐江,九岁,来自贵州省安龙县万夫湖镇毛草坪小学。这是他在日记中写下的愿望,收录在《中国留守儿童日记》里面。他的编者杨元松是二十六个留守儿童的班主任。

和杨老师吃饭的时候,他总是强调"千万别浪费",瞬间我也调整到了"光盘"模式。我能感觉到,他时时刻刻都在想着那些孩子们。他个子不高,瘦瘦的,眼睛炯炯有神,看人的时候非常专注,可以说是目不转睛。他的话不多,但之后的访谈里,提起那二十六个孩子的时候,他变得滔滔不绝起来。

我的理解是,凡是父母外出打工三个月以上的,这样的孩子都称为留守儿童。据说在杨老师教学的村子里,留守儿童所占的比例能达到52%-56%。这些孩子的平均年龄差不多九岁。

这些孩子的物质条件比较艰苦。村民们主要居住在大山里面,当地的经济来源就是种地。孩子们的父母觉得生活不够理想，就选择外出打工，于是就留下来那么多留守儿童。

在这里，我不想过多说他们的物质条件，不想说这些八九岁的孩子每天要自己做饭，不想说他们医疗条件跟不上，也不想说路上存在很多安全隐患，以及他们依然住着瓦木结构的房子。我想说的是精神层面的问题。留守儿童的父亲或母亲甚至是双亲都外出打工，他们的精神世界是极度贫瘠的。

在这一点上，杨老师深有体会。

山里面的孩子想做一件事，谁来支持他？他有心里话说给谁听？谁来发现他的闪光点？我觉得这都是让人担忧的事。

杨元松是语文教师，他发现山里面的孩子特别不善于表达，于是就想提高他们的表达能力和写作水平。他让孩子们写日记，通过这些日记，他走入了这些孩子的内心。有一个孩子叫杨海年，入学时八岁。

杨海年是一个山村里面的苗族女孩，要知道苗族女孩在家里的时候都是说自家的苗语，她们走出大山进入学堂的时候，没有受过任何学前教育，也就是说这些孩子在一年级的时候成绩很不理想，但在二年级之后就特别用功，进入三年级的时候已经能够写出特别好的日记。

今年她在日记里说到一个问题，她说，爸爸妈妈外出打工，好长时间都不回家，她最大的愿望就是爸爸妈妈回家过年。后来她跟爸爸妈妈联系上之后，得知他们过年不能回来，因为她家刚刚盖过房子，欠的债比较多,爸爸妈妈要在外面多挣一些钱,回来把债还了。她就把这些心里话告诉了我,我就宽慰她,告诉她爸爸妈妈对你很好,你又那么懂事,你是班上最厉害的小神童。

这孩子特别来劲,她每写一篇日记都要拿来让我看,说老师你看我这儿写得好不好。我都会给她正面的肯定和积极的鼓励。她有什么想法我都用心去听。后来她在日记上说,她特别喜欢我上课,她特别喜欢学校,以至于对学校的喜欢超过了对家庭的感情。后来当她得知她的爸爸妈妈不能够回家过年的时候,她在日记上写:"我要请杨老师陪我过年,只要杨老师去,我要把家里最大的那只鸡杀了招待杨老师,我要到城市里面买汉堡给杨老师吃⋯⋯"还写了很多很多。

说到这里的时候,杨元松的两行眼泪已经淌下来,哽咽着,说不下去了。稍微平复了一下情绪,杨老师接着说:"因为我妻子跟我在同一个学校上课,我妻子看了这篇日记之后眼圈红红地告诉我:'我很想拥有这样一个女儿。'我的心情是特别感动,又特别难受,我就在杨海年的日记上写了四个"优",平常最好的作文只有一个优,这次给她写了四个。我想告诉她,你是最棒的,虽然爸爸妈妈不在家,但你最棒,你将来很有前途。"

其实这些孩子的愿望都很简单,就是希望爸爸妈妈能回来,一起过个年,他们甚至不需要天天陪着。杨老师的书里还写到了一个叫海叫的女孩,她在日记里写:"爸爸走的时候给了我十五块钱,爸爸说每天用五毛,不能花多了。"她当时没有说话,但是她把自己的话写进了日记当中。她写道:"爸爸,我不想要你的臭钱,我只想让你回来陪我。"

这个孩子写这篇日记的时候上六年级。

杨老师对这个孩子的日记有深刻的印象。

这个日记里面有一段内容,就是在这一天爸爸要走了,他刚把门锁上,拎着行装要出发,正好海叫放学回来。爸爸就说,你要在家里带好弟弟妹妹,下雨了你要记得种地,肉和菜在柜子里面,你想吃就自己做。她爸爸说话的语气挺骄傲,海叫心里就很烦乱,没有说什么就去开家门的锁。这么熟悉的锁,每天要开三四回的锁,这回居然没有打开,说明她心里面特别乱,特别难受,最后她爸爸给她开了锁。我觉得任何一个高明的作家都不能写出这样的表达自己内心的句子。要把爸爸妈妈留在家里的心愿有多大。

在听到这个情节的时候,我也不禁鼻子一酸。一个孩子把自己最直观的一种感受和表现写了出来,这个背后真的隐藏了很多内心活动。

杨老师每天都陪在这些可爱的孩子们身边。前段时间,几个孩子也来到了北京,我发现这些孩子真是挺懂事的。说一个最直观的例子,带这些孩子去吃饭,同行的人给他们买点好吃的,巧克力之类的,结果没人吃,他们首先问的是杨老师吃不吃。这也让我深受感动。杨老师是这样对我讲的。

宏玖,你可能很难理解山里孩子的这种心情,这些好吃的都是他们没吃过的,当这些零食摆在他们面前的时候,虽然是心里面想了若干次但没有实现的特大愿望,可是东西真的放在面前的时候,他们却能够抗拒这种诱惑，把这些好东西很慷慨地呈现给老师或者其他人。

这些孩子做到了，我为我的学生感到骄傲。这样的例子还有很多，有一位叫廖宗财的小朋友，他的日记选在这本书里面。

有一次，我去廖宗财的家里家访。我们学校有规定，会对成绩不错的、表现很好的孩子给予物质奖励，最高的奖励是十五块钱。廖宗财和他弟弟廖宗端都很优秀，两兄弟都得了十五块钱，这是最好的。所以那天我就去家访。之前我没告诉他我要去他家，我是骑着摩托车去的，当我快要到他家的时候，孩子们在我后面赶上来了，兄弟俩一个提一袋东西，是零食、蛋糕，在他们眼中这是特别好的东西。

当时我大吃一惊，还有一点不高兴，但是我没有生气，我问廖宗财："你怎么买那么多东西，是用什么钱买的？"他说："我们今天得奖了就买这个。"我说："你们得钱就知道买吃的是吗？"他说："不是，我是买给爷爷奶奶吃的。"

我一看，他们买的东西确实是孝敬爷爷奶奶的，除了买这些东西，他们一分钱都没有多用。我到他家之后问爷爷奶奶："这两个孩子是不是经常给你们买东西吃？"他们说："是的，我们平常给他们两块钱零花钱，他们总要省下一半钱，给爷爷奶奶买东西回来。"

我的头脑中又想起了那句俗语："穷人的孩子早当家。"他们不只是在照顾自己，他们的肩膀也扛起了爸爸妈妈的使命，在帮助爸爸妈妈孝敬爷爷奶奶。有些孩子远比我们想象的要成熟和坚强，比如像海刚小朋友就带给杨老师很多惊喜。

海刚他总是出乎意料带给我们很多惊喜，一想就有一大串。这个苗族男孩很特殊，命运对他是很不公平的。他的爸爸在他一岁左右的时候就去世了，他妈妈改嫁，他跟他的哥哥一起跟七十多岁的爷爷相依为命。他爷爷患有先天性白内障，连跨门槛这样的事都很困难，更不要说在深山里那种恶劣的地方居住、劳动、生活。照顾爷爷的重担就落在了海刚兄弟的肩上，但是海刚很乐观，他觉得劳动对他来说简直就像呼吸一样自然，没有什么可抱怨的。我记得他在日记里面写道，有一天跟哥哥去万丰湖边钓鱼，自己用竹竿装上钓线和鱼钩，没多长时间就钓到有生以来最大的一条红鱼，比他哥哥钓到的还大。这孩子真是又快乐又自信。

印象特别深刻的是有一次我到海刚家做客。我问他："你最喜欢干什么？"他说喜欢画画。我说："你画一个给我看看怎么样？"他说好啊，拿出纸和笔就画起来了。之后我到他屋后玩了一会儿，回来看到他画了一棵树，几个枝丫缠绕在一起，显示出长势不太好的状态。但是海刚在旁边写了一句话，我感到特别震惊。他说："我们应该像大树一样坚强，在任何条件下都能生存。"我觉得这话说到我的心坎上去了。

海刚通过画来表达自己内心的想法，努力调节自己，让自己不断成长，朝着阳光生长。但毕竟不是每个孩子都有一颗强大的内心，即使是海刚也有低落的时候，父母不在他们身边，不能够陪伴，如何让他们的灵魂有一个支点，如何让他们的内心有一个依靠呢？

在我看来，留守儿童的生活条件确实很艰苦，但那个是质量问题，不是生存的根本问题。他们目前已经能够生存下去，但是这些孩子将来是不是要成才，或者是不是要成人，这都是他们的精神层面决定的。父母外出打工留下孩子在家，造成的不仅仅是孩子们没有人陪伴，而是孩子的生命失去了一个支点，就像刚才说的海刚兄弟俩围着爷爷在一起，爷爷已经七十多岁了，眼睛看不见，不能做饭，不能做家务，反而需要他们去照顾，但是孩子会团结在他的周围，这就是一个精神支点，是他们生活的落脚点。杨老师在谈到这个问题的时候，非常担忧。

我平常面对的孩子很多都失去了这个支点，留守儿童失去支点会造成哪些后果呢？孩子自己想做一件事情，这件事情没有尝试过，也不知道做下来效果好坏，是成是败，这时候跟谁商量？父母不在身边，跟爷爷奶奶商量，隔代人沟通很困难，孩子们不能理解老人的观点，就不知道该如何行动。这是一个方面。还有一个方面就是，当孩子确定做一件事情的时候，他觉得是正确的，谁来支持他？谁来做他坚强的后盾？还有，比如最近这一段时间孩子做了好多有意义的事情，很需要跟人分享，分享其实就是成果展示，这是孩子成长中很重要的组成部分。孩子其实非常需要被认可，父母不在，谁去认可他？如果他这个时候没有被关注，甚至受到周边同学甚至其他人的打击，很有可能朝着截然相反的方向跑偏。

孩子都是好孩子，关键是能否有个好的精神支点。这个支点太重要了。"跑偏"的情况完全有可能发生在每个留守儿童身上。因为他们周围都生活着一群人，散布那种无聊的言论，那谁谁爸爸妈妈都出去了，都不要他了，类似这样的话。说者无心，听者有意，孩子听到这样的话肯定就会想爸爸妈妈都不理我，都不在乎我，都不疼我，不管我，我读书有什么意思？谁来关心我？读好了书谁来认可我的努力？肯定就会产生一种消极的态度。这种消极态度有多大的危害性呢？他会该努力的时候不努力，该自信的时候不自信，甚至在他整个受教育的关键时期，价值观都被错误地导向，并且不接受任何人的引导，最后就错过了积累文化知识的黄金时期。这些因素确定他将来不会过得很好。

中国目前有5800万留守儿童，之所以将之称为话题而不是问题，是因为目前仍没有完整的、完美的、解决方案。其实，那些在故乡的山峦中守望的孩子们要的并不多，正如杨老师跟我说的那句话："不要用可怜的眼光看他们，要用赞赏的眼神为他们加油。即使要为他们修桥铺路，也是我们背后的秘密。"

宏志班的故事

1995年9月1日,四十五名成绩优秀、家庭贫困的学生,迎来了全国第一个免费高中宏志班,在北京广渠门中学。这是学校为了让那些家庭月收入在两百元以下并且品学兼优的穷孩子能够继续读书而特招的一个班。学校为学生免除一切学杂费,设立奖学金,并希望学生能够弘扬远大志向,故取名宏志班。

在宏志班教室后面的桌子上,放着两只极为普通的热水瓶。凡是前来采访、参观、学习的人,无不在它面前驻足。听了水瓶的来历之后,又无不感慨万千。

北京的冬天是相当冷的,一入冬,学校就在一楼的锅炉房内为学生提供开水。宏志班教室在四楼,学生要喝开水很不方便,于是班主任派班长韩颖用班费去买两只热水瓶。放学了,韩颖顶着凛冽的西北风,将攥着五十元钱的手插进口袋,一路小跑。她走进一家商场,来到日用百货柜台前,在货架上寻找着。那一只只不锈钢外壳的热水瓶吸引了她,多漂亮啊,通身银亮,可是仔细一瞧商品的标签,她惊呆了,一只热水瓶竟然要98元!她找遍了货架,有的只是更高级、更昂贵的电热水瓶,一只至少是二百四十元。无奈,她离开了商场,又沿街寻找,终于在一个不起眼的商店见到塑料外壳的热水瓶,价格不太贵,一只才二十二元。她想,买吧,这一定是最便宜的了。就在那一瞬间,她的目光落在了旁边的水瓶胆上,她的眼睛一亮,立即付了十八元钱,捧着两只水瓶胆高高兴兴地走了。韩颖来到妈妈的工厂,征得妈妈的同意之后,将叔叔们一星期前换下的两只废弃的铁质水瓶壳拿了出来,又找了点漆,把它们打扮了一番,还用塑料绳把其中一只的断了的把手换了。就这样,宏志班有了大家看到的暖水瓶。

韩颖是第一届宏志班的学生,现在已经工作了。

早就听说过宏志班,真正了解它,还是通过来自广渠门中学宏志班的班主任李志伟老师,她是北京市的十佳班主任,大家都管她叫宏志妈妈。

因为宏志班的学生80%都要住校,而且这些孩子家庭情况很特殊,50%左右是单亲,或者父母有残疾,或者是孤儿,我们这些当老师的几乎和孩子们整天生活在一起。

我们班有一个叫程磊的男孩子,军训的时候,大家的衣裤破了,都找他帮着缝补。我想,一个男生怎么会做这样的事情呢?后来我就问他,他说,他的父亲有脑瘫后遗症,母亲是盲人,他来高中上学的时候,已经把父母送到敬老院了,也就是说他从小就开始照顾父母。那其实等于说,这个孩子本身是挺独立的。了解到这个情况之后,我就要给他更多的照顾。他是第五届宏志班的孩子,那个时候我刚刚大学毕业,

22岁，和他们吃住玩学住，都在一起，又像姐姐，又像妈妈。

我们上学的时候，都有班费，大多数都是爸爸妈妈给的。宏志班的学生家庭比较贫困，班费的来源就得通过特殊途径。孩子们去发报纸，或者送水，挣来的钱凑成班费，虽然辛苦，但是孩子们都特别愿意做这样的事。

一般的十六七岁的孩子可能是穿着耐克在父母的悉心的照顾下过着无忧无虑的生活。谈到班费，可能就随便一张口，父母就把钱送到手里了。但是宏志班的孩子不能伸手跟家里要，只能自己想办法。

宏志有一个十几年的传统，教室后面总会有两个大大的垃圾袋或者废纸箱，用来干什么呢？收废品。比如到运动会的时候，孩子们就去捡饮料瓶，然后去卖钱。当然，平时走在路上捡到的饮料瓶他们也会这样收集起来。他们甚至知道，饮料瓶可以把盖拧下来跟瓶分开卖，挣两次钱。这些知识我都是跟他们学来的。

宏志班的班费就是这么一点一滴积攒下来的。这一届的宏志班的班费没花完，就留给下一届，就这样一届一届传下来。

走进北京广渠门中学的大厅，墙上两行鲜红的大字映入眼帘，写着六个特别：特别爱礼貌，特别守纪律，特别能吃苦，特别能忍耐，特别有志气，特别有作为。这六个特别精神，是宏志班的班训。

广渠门中学宏志班的升学率可达100%，一类本科升学率是90%以上。

听李老师说，曾经有一个大款拿着钱找到学校，希望让他的孩子进宏志班读书，他说给多少钱都行，就是要让孩子在这个集体中感受这个氛围。他说在其他的环境里，孩子之间总在攀比，比如说谁穿什么鞋，穿什么衣服，但是在这个宏志班里边，没有人关注这个。大家关注的只是学习和彼此的生活。当然，他的条件不符合要求，最终还是没成功。

宏志班的孩子毕业之后，很多变成了老师的好朋友，李志伟就有很多这样的朋友。

班上有个男生，我了解他的家庭情况。他父母都是农民，父亲常年在外面给人做小工挣钱，不在家。母亲是一个盲人，但是母亲不是先天失明，而是后天致残的，是因为在外边做工的时候突然遭到不幸。父亲和母亲结婚以后不久就有了他。他五岁的时候就知道跟妈妈到田里去干活了，因为父亲不在家呀。他还有一个妹妹。他说他印象最深的一件事是有一次他帮妈妈在田里干活，他要一边干活一边照顾妹妹，整个一片田种完了以后，他特别高兴地坐在那儿，但是第二天他就病倒了。他那个时候大概六七岁，太累了就病倒了，妈妈给他做了个荷包蛋，他吃得特别香。

后来我亲眼见到这个孩子的母亲，是在他高三的时候。这孩子打篮球把腿摔骨折了。那个时候我也住校，所以生活当中是我来照顾他的。这个孩子因为骨折了，不方便动，大概有两个月时间没有回家，所以这个盲眼的母亲就来看儿子了。孩子让所有的学生瞒着母亲，不能让母亲知道自己受伤了。整整一下午的时间，同宿舍的同学还有我在帮着打掩护，直到这个母亲特别高兴地走了。这个孩子给我印象最深的，就是他的那种做人的责任感。

宏志班的故事

毕业后,我们成了很好的朋友。他每次看我的时候,都要给我拿一些家里边的土特产。我跟我先生结婚的第一年,也是这个孩子上大学的第一年,他到我们家来看我,算是送我的结婚礼物,他给我拿了一条鱼。关键在于,这条鱼是收拾好的,鳞都刮了,内脏也收拾好了,他送我这样的一份礼物,我感动得不得了。

李志伟作为宏志班的班主任、宏志妈妈,工作确实非常辛苦,但她仍觉得自己非常幸运。在最初的时候,她没有想到孩子的家庭情况到底是什么样,只是知道他们"家庭贫困,品学兼优"。第一次军训的情景她还她还记忆犹新。

有一个女生跟我说:"老师,我没有带军训要穿的帆布鞋,您能带我去买一双吗?"因为那个时候她对环境不熟悉,我就说:"行,没问题。"我带她去了磁器口大街。那条街上都是小商铺,我知道她家比较贫困,所以没有带她去大商场,就只选小商铺逛。整整一条街,我们挨家挨户走过去,每走一家,我就去问帆布鞋多少钱,五十块钱,她不买;再走一家,问帆布鞋多少钱,三十块钱,她依然不买。就这样一家一家问过去,等于说是从广渠门桥一直走到了磁器口,那个女孩始终不满意。我当时刚刚大学毕业,我就想,这个女生还挺挑剔的,怎么能这样呢,老师陪着你走了这么久了,你还不买。到最后,孩子看实在没得挑了,就找了一个摆摊的,说:"老师,就买这儿的鞋吧。"我问:"这鞋多少钱呀?"那个商家说二十块钱。这孩子就说:"我不买。便宜点吧。"最后,花了十块钱买了那双鞋。就是普普通通的白球鞋,为了省钱，那个孩子拉着我走了那么远。

一直到高三的那一年，那女孩还穿着那双鞋。鞋的边都已经泛红了，有的地方都磨得起了毛。我心疼那个孩子，就把我自己的鞋给她了。我说你穿老师这双鞋吧，她才没有再穿那双鞋。但是等到这个孩子上大二回来看我的时候，她还穿着我送给她的那双鞋。

李志伟深深感受到，在与学生相处的过程中，自己也在上课、学东西，因为这些学生的生活经验真的是非常丰富。但是，从另外一个侧面上讲，这些孩子多少都有些自卑心理。李宏伟是这样看待这件事的。

这是很正常的一种现象，我们当时在组建这个宏志班的时候就曾经讨论过，是把这些孩子都放在一个班里面，还是把这四十五个孩子分散到其他班里去。校方几次三番考虑，认为如果把他们三两个地放到其他班级里面去，就可能导致自卑心理，进而影响到他们的学生和生活。所以最终的研究结果就是把这些孩子聚在一起对他们更好。当孩子有问题的时候，我们这些老师可以全程陪护他们，跟他们谈心，陪他们散心，想尽各种办法帮助他们。所以我们才被称为宏志妈妈。

宏志班的学生对宏志班都是知恩图报的。很多人大学毕业之后都把上班后的第一月的工资全部捐赠给宏志班，可以说是喝水不忘掘井人。

宏志班这些孩子也非常有公益心，比方说遇到雪灾、海啸、地震等自然灾害，宏志班的孩子们都会把他们仅有的一点生活费捐给灾区，献出爱心。

特别值得纪念的一件事就是捐献眼角膜。这件事大概发生在第二届宏志班。他们觉得社会为他们做的太多了，他们无以为报，然后班长就提出了一个倡议，号召所有的人如果愿意的话就签订一份捐献眼角膜的协议书。班里所有的同学都签了。以后他们去世的话，他们的眼角膜都是无偿捐献出去的。

宏志班在今天显示出了强大的生命力，外延在发展，内涵也在不断增加。今天，教育的意义早已不再是单一的传授，而且是一种影响，在新的历史背景之下，希望宏志班把这种宏志精神发扬成为一种宏志文化，作为一种精神财富，保留下来，传播出去，影响更多的人。

第 四 辑

追 梦

- 花田半亩，死神却步
- 极地之梦
- 九岁骑着单车去西藏
- 在美国航母上当大兵的北京小伙
- 一家三口的图书馆情缘
- 北京大妞的红酒之旅
- 台湾的哥的故事

花田半亩，死神却步

田维，一个敢于直面死亡的女孩，在她美丽的大三时光结束时，病魔夺走了她花一般的生命。直到离世的前一天，田维始终用一颗感恩的心去生活，留给青春的是真诚、爱和坚韧。她生前的博客结集成册《花田半亩》，已经出版发行。

很可惜，我没有办法面对面采访这位小姑娘。她的文字，她的照片，从里到外晶莹剔透，干净至极，我喜欢上了这个女孩，甚至有些迷恋，我决定把她的生前好友小黄、图书编辑李丹阳、老师梁晓声请来，一起感悟她短短的一生。

十五岁那年，上初三的田维发现自己病了。一次上完体育课之后，她觉得有一根手指有些疼，仔细一看，发现中指是苍白的，没有一丝血色。体育老师说应该去医院检查一下，很快，她左手的四根手指同时变白了，还伴着钻心的疼痛。老师让田维回家，父母赶紧把她送到医院。一系列的血液化验结果出来，医生已经心中有数了，田维得了类似血癌的病。这种病多因父母血型不配引起，儿童的发病率在十万分之一，田维的好友兼病友小黄跟她患的是同一种病。

田维患的是混合型结缔组织病,然而更严重的,最后真正带走田维的,并不是这种病,而是肺动脉高压。这种病很多朋友都没有听说过,多见于二十岁到四十岁的女性,是一种罕见病,表面看不出有病,但身体很虚弱,治疗费用十分昂贵。

田维本身是非常喜欢文学的,在得了病之后,自己一直也没有放弃过对文学的追求,坚持学习,并且在自己的网络个人空间里写博客,记录生活的点滴。而且田维特别喜欢读书,从古代诗词歌赋到近现代名家的小说,她读过很多。大家读《花田半亩》的时候就可以感受到非常浓郁的文学气息,那绝不是一般的文字可以比拟的。

田维的妈妈告诉我,她的大学同学把她的博客整理了,里面记录了她生活的点点滴滴。回忆起女儿,田妈妈的话中带泪。

田田是用心、用泪在写她的博客,她是把文字当成了她的生命。在好多认识田田和不认识田田的朋友的帮助下,博客文章结集出版了,也算帮助田田圆了一个梦。

我记得田田曾经在自己的博客中写到,她的右眼下面有颗痣,那是一颗会使人流泪的痣。她写:"如果可以,只让我的右眼去流泪吧,让另一只眼睛拥有明媚与微笑。"她还经常劝我不要过分悲伤。

田田得的是一种很痛苦的病,疼起来常人无法想象。她上楼梯,甚至走稍微长一点的路,都会大口喘气。她患了这么重的病,但是依然用微笑来对待周边所有的人,甚至她高中时代非常好的朋友都不知道她其实是一个一直疼痛着的孩子。在田田的追思会上,她的好朋友朱朱说:"我不知道,我从来不知道她病得那么严重,我也不知道她连上楼梯都觉得很困难,她只是陪着我玩,陪着我开心。其实我从来没想过有一天她会离开我,我觉得我们会一直都在一起的。"

田维她一直在感恩,一直在用自己的一颗心去传达爱。田维的一篇文章叫《妈妈》,她在这篇文章里面表现自己对母亲的深爱。田维还在另一篇博客里面写,她担心自己如果猝然离去,母亲无法再快乐地生活下去。还有她对同学的爱,对师长的爱,她整部作品里面,一花一草、一石一木全都有了生命,有了呼吸。田维的书里面有这样的一句话:"有人曾问我,如果生命满是欢乐,你爱它,如果生命只是平淡,你也爱它,但倘若生命是接踵的不幸呢?那天我没有回答,我沉默了很久,说不出一句话,今天我却想说,我依旧爱它,因为那是属于我的。"

在田维看来,生命对于每个人都是最宝贵的礼物,她希望大家都能心存感激地生活。对于现在生活在一个浮躁、喧嚣的世界上的我们来说,田维的这些话无异于给了我们一次精神的洗礼,使我们回归了心灵的安宁。

生前跟田维接触比较多的,小黄算一个。她是这样回忆田维的。

田维离开前一年我们才认识的,我没想到短短一年时间她就离去了。第一次见面是在阜外医院的一个诊室里,当时我们找的是同一位医生,因为这种病是一种非常罕见的病,所以大部分人是很难得到确诊的,连确诊都要辗转很多地方。我和田维都生活在北京,应该说算是幸运的。当时我们在诊室里,医生对我们说:"我们有一个自己的网站,是我们自己的花田。"因为田维在另一个病友论坛上的名字就是"花田",所以我很快就记住了。

后来我们通过网络建立了联系,越聊越多,才发现彼此其实挺有缘的。我们两家住得很近,她上的幼儿园就在我们家小区附近。

田维曾经说过,她想来我家玩,但是刚好当时病得很重,身体也比较差,就没能成行。她临走前的一个月,我们有一个全国性的病友大会,也是在北京。当时每一个病友都上台讲话,田维一直在认真地听。轮到她上台,她说:"有的时候我们很难真正地坚强起来,有的时候我们可能晚上会躲到被窝里流泪,但是面对我们的病友,面对我们的亲人,我们要给予他们加倍的鼓励。"她的意思是说,我们在劝慰别人坚强的同时,也是在对我们自己说要坚强起来。

田维喜欢文学,大学时期很喜欢上著名作家梁晓声的课,梁老师对她印象深刻。

在她那个班,她是给我留下印象最深刻的一名同学,她每次都提前到教室,座位绝对选在第一排,而且从来也没有无缘无故旷课过。

我印象最深的就是我们的一次考试,那次是闭卷考试,因为我是教写作与欣赏的嘛,给他们出的考题是雨或雪。田维是许多同学交卷之后才交的卷,因此我很快就看到了她的试卷,第一印象就是卷面干净整洁,将近三千字的试卷,一处涂改也没有,每一个标点符号都非常规范,字迹工整到像我们早期垫着钢板刻写蜡纸一样。再看内容,我也极受感动,她不是像其他的同学只是写景而已,她注入了很真挚的感情描写,写到她的姥姥对她的爱,写到她在外地工作的哥哥,写出了对哥哥的牵挂。

这篇作文我给了最高分,大致是98分吧。后来我也多次和其他老师谈到田维,谈到她的时候我说:"我看了这篇作文感觉田维天生是学中文的苗子。"

田维对生活本身有极深的眷恋,她写的享受生活的文字,很少有物质层面的,至少我看过的不是很多,她更多的是感受生活中的美和善。那次考试之后我表扬了她,随后她给我写了一封信,关于她所患的病的情况。她在写到自己的病情的时候就是淡淡几笔,她更多的是写到在全国还有许多患这种病的患者,而且多数是青少年,这种病对于青少年的生命的威胁是很大的,她希望我多关注这方面的情况,另外,在有可能的情况下,向社会各界,尤其是向政府呼吁,在治疗这些病的方面有一些更积极的、更可操作的措施。我觉得作为这种病的患者之一,她时刻想到的是患者群体,这一点是特别难能可贵的。

后来我读她的文字,注意到其中有那么一句话:"别人都不了解,我每天都在疼着,有的时候这种疼痛直达指尖。"我觉得这个女孩特别坚忍,而且是以一种眷恋之情来品味生活的,这种眷恋之情形成了她独特的生活感觉。

田维爱好广泛,对画画、读书、写字尤其痴迷。田维的父母非常支持她这些爱好。田妈妈跟我讲了一个故事,每一年的冬季地坛书市,妈妈都会陪着她进去逛。因为打折呀,平时很贵的书,那时候会便宜很多。田妈妈跟我讲,田维为了去买书,可以把一天的早点钱攒下来。做父母的好心疼。妈妈就陪着田维去买书,她进去转,妈妈提着书。回家的路上，田维那种幸福，那种狂欢，简直难以描述。

田维走了，能够留下《花田半亩》这么一部遗著，算是圆了她一个梦。现在的社会上，不如意的事情很多，负能量很多，但很多人都在抱怨，甚至仇恨，田维这样一个孩子看待世界的眼光却是美好的，积极的。她幸福地成长，虽然只有二十一岁，但是她告诉人们她是幸福的，幸福地生，幸福地死，她用爱和被爱，用她对人、对一草一木的感情，向这个世界传达着正能量。

当我们在工作、生活、学习中遇到挫折的时候，在指责、抱怨、愤怒甚至仇恨的时候，读一读田维的文字，想一想田维这个人，对我们来讲，不正是一味良药吗？最后我选取很触动我的一篇文章送给大家。

礼物

我唯有不知如何表达的感激。早上醒来，手机振动提示2月20日，妈妈的生日。忘记了是什么时候设定下这样的提醒，本是一个无需提醒的日子，怎么可能忘记或忽略，每一年这一天都令我疼痛地感知到她又老去了一些。

古人说："父母之年，不可不知也，一则以喜，一则以惧。"我曾是你襁褓中的婴孩，我曾是你手心里盛开的一朵生命，你望着我长大，像你的感叹，不过弹指，便是人间的一次更迭。好多次我们一起翻看旧时的影集，你对我讲起我儿时的乖戾和顽皮，你告诉我哪一年我们去看了腊梅，哪一年我们去观赏了灯会。

照片上的妈妈，柔美的脸孔，纤弱乌黑的发，那一切已恍若隔世。

我对你说，我怕这白天，在白天，我要真实地面对一切，夜晚却不过是梦，梦即使是阴险可怕的也终会醒。

但现在不是，是这样清醒、真实地一览无余。妈妈说，如果能够再孕育你一次该多好。你仿佛是在怨恨自己，将我生成多病的身躯，你遗憾没有给我一副强健的肉体，你觉得是自己造成了我连绵的苦难。妈妈，我却时常感谢你给我的生命，即使这身躯有许多不如意，但生命从来是独一无二、最宝贵的礼物。我感谢今生是你的女儿，感谢能够依偎在你的身旁，能够开放在你的手心。妈妈，不幸的部分是我们共同的命运，我深知我的疼痛在你那里总要加倍，但幸福却是更深切的主题。

极地之梦

　　金雷在谈起他那些特殊经历的时候很淡定，就像说起刚在菜市场买了一棵大白菜一样，却让我对遥远的极地充满了幻想。

　　1996年，金雷在美国阿拉斯加州因纽特自治区从事北极的人文考察，之后又参加了中国第十六次南极考察队，2007年至2009年连续三年在中国西藏雅鲁藏布大峡谷进行考察，现任中国科学探险协会常务理事，中国三级地区科学考察探险队的队长。早在金雷上初中的时候，他就有一个极地的梦想。

　　上学的时候，没有电视，更别提互联网，一次我在杂志上看到一个科学家，应该是中国首次南极考察队的队长，写了一篇文章介绍南极，图文并茂，令人神往，我当时就想，如果有一天我能去，那是多好的一件事情。这个梦一做就做了几十年。

　　在1993年的时候，金雷还是一位记者，当时他看到了一则新闻，就是中国首支探险队将远征北极，他非常激动，拨通了电话号码，问如何才能去北极。经过了解,去北极要自筹资金,一个人要100万人民币。那是1993年,100万是天文数字。

太贵了,就是卖器官也筹不齐啊。不过到了1995年,又有一次机会,有人组织大批的媒体朋友,还有一帮科学界人士进行封闭训练,声称如果能够坚持下来,合格,就有机会去北极考察,而且这个费用基本上是有人赞助的。

那是冬天,我们从哈尔滨走到佳木斯,松花江都结冰了。六天五夜,完全是自己拖着行李在冰上扎营,自己做饭,每天大约走20多公里,负重100斤左右,完全是模拟北极的环境。

我坚持下来了,合格了,结果那个承诺突然变成了一种欺骗。坚持下来的很多人没有去成,没坚持下来的后来去成了。其实那个所谓的组织者,说白了就是想拉一个高端旅游团过去。在国外这叫探险旅游,无论是在北极还是南极,包括登珠峰,都有这样的,我可以给你雇很多人,但是你体力还是得有一些,飞到北纬88度,或者南纬88度(因为90度就是极点了),你大约走个2度,200多公里,然后呢有人专门为你服务。

这个事件之后金雷挺受打击,后来他萌生了一个想法:自己组建考察队。但这个过程挺艰难的。由于之前经历过一次骗局,所以很多人怀疑金雷在复制另一个骗局。后来在中国科技学会主席的帮助下,在金雷的一些朋友的帮助下,总算把这个考察队建起来了,迈出了第一步。那是1996年。

金雷终于来到了北极地区，相对于南极来讲，北极非常奇异。北冰洋是由陆地包裹的一个海洋，也是世界几大洋里最小的一个。北极圈的中央是一片由浮冰所覆盖的广大海域，你今天站在了北极点，明天就可能偏离北极点了，因为脚下有浮冰。所以，当你到这个地方的时候，你还要测到底到没到北纬90度。

金雷去的时候是10月份了，初秋，还不到最冷的时候，但是他一下飞机就发现好像一切都被冻住了。因为他是从西雅图飞到北极地区的，不久前还是秋意盎然的，脚底像花毯一样的世界，到了那以后冰天雪地，没有什么人，零下二十几度。

到了极地，金雷看到很多原生态的景象，比如北极熊捕食，当海豹从水下出来，北极熊甩出巴掌把它脑袋拍碎，然后把海豹给吃了。在那里，动物界的生存斗争真的很激烈，很刺激。

刚到北极的时候，第一件事情不是给我换衣服，是让我进屋给我做安全教育。他们在我进屋之后对我说："进屋之后，门你是千万不能从里面锁死的，这里所有的门都不能从里头锁死。那是给人留着的，万一人走到外头遇到北极熊了，他推开一扇门能进去，他能抵挡一阵子。第二件事情是我们考察站的灯24小时不能灭，包括路灯，入冬以后24小时不能灭。一方面动物怕光，另一方面，有光，人就知道往哪跑。第三，任何吃剩的东西，都不能随便扔到垃圾筒里，因为动物在野外嗅觉很灵敏，北极熊离着两三公里就能闻到味，比如说你今天炖了一条鱼，把鱼骨头扔到垃圾桶了，你就等着招北极熊吧。这里有专门的机器处理垃圾。而且外出的时候，必须带枪。"

据说考察站有三支枪，打出来的是一种闪光弹，声音非常大，冒火的，北极熊也怕这个东西。不到万不得已是不能杀死北极熊的，只能吓唬它。

听着金雷的讲述，我想起曾经看过一则报道，1993年11月30日的晚上，在美国阿拉斯加州北部雷达站，发现了北极熊冲入室内伤人的事件。在图书馆内的工作人员忽然发现一头硕大无比的北极熊正扒在玻璃窗上向里看，就有人拿起一本杂志朝它扔过去了，果真，熊就消失了。可是，过了一会儿，熊又回来了，然后有人又扔过去一本书，熊又吓跑了。又过了一会儿，它又回来了，而且一下破窗而入，人们还没有反应过来的时候，北极熊已经一口咬住了技术人员唐纳德的大腿，接着就大嚼起来。它显然是饿极了。

喜欢研究动物的人都知道，北极熊的爆发力是相当惊人的，300米的距离，它只需要半分左右，我算了一下，这比博尔特跑得还快。北极熊游泳也很厉害，一下能游四五十公里。金雷曾经近距离和北极熊共处过。

我离北极熊大约300米吧，隔着水，我在岸上，它在一块大浮冰上。一般来说，它只要吃饱了，是会躲着人的。但你千万不能招惹在哺乳期或者怀孕的母熊。要是你看到小熊崽很漂亮，要抱起来玩，那可就玩完了，那基本上它下一顿饭就有着落了。

那边还有一种动物叫北极狐，它生性非常胆小，怕人，随着季节的变化，它的身体颜色也会变，春秋是一种颜色，到冬天的时候就变白色了,蜕毛的时候跟小狗似的。

　　金雷那一次在北极待了将近两个月的时间,他们吃的食物跟美国本土的差不多,都是空运过来的。北极有商业航线,到冬天的时候一个星期有两班,夏天差不多一天一班,运过去的都是新鲜的水果蔬菜,鸡肉是从安格雷奇运过来的。金雷甚至从那里吃到了很多平时很难吃到东西,比如海豹肉、驯鹿肉,这都是因纽特人日常吃的东西。

　　金雷去的那个自治区是因纽特自治区,因纽特人是他们自己的称呼,爱斯基摩人是他们的另外一个称呼,追根溯源是印第安人给他们起的这个称号,但他自己不这么叫,他们就叫因纽特人。

　　据我所知因纽特人是非常崇尚和平的民族,他们的词汇里面没有武器这个词,只有工具。无论奴隶社会也好,封建社会也好,他们都是以家庭为单位,顶多是几户形成一个村落,选出一个德高望重的人负责,就是这样。他们都没有形成一个国家什么的,所以他们都是和平居民。

　　因纽特人是蒙古利亚人种,样子跟我们基本上差不多,只不过有的比我们胖一点或者矮一点。

　　我到那儿之后发现一个奇怪的现象,谁见到我,跟我打招呼,用的都是因纽特语。我听不懂,他们还是会说半天,然后又对我讲一句英语,问我是不是从加拿大来的,我说不是,我说中国来的,他就一脸茫然,他说中国这个村子在哪儿啊,不知道啊。

　　有一次我出去拍照。因纽特老人有一种消遣方式:凿冰钓鱼。没事的话会钓一下午,钓的鱼很小,也就是一寸长,回去当零食吃。那次

极地之梦

我想给一位老人照几张照片，跟他说了以后呢，他跟我说了一大堆话，我想坏了，又把我当成自己人了，然后我就去找了一个跟我去的因纽特人。他是我的司机兼保镖，因为我们每次出去都要防北极熊，以我这个技术，北极熊打不着，再把自己打着，就很麻烦，所以我专门有一个保镖，我叫他本尼。我说本尼帮我翻译一下，那个老头就急了，语言很激烈。我想，不就照个相吗，至于吗，不让照不就完了嘛。可是本尼说："你就害我吧，我怎么解释你是中国人，这个老爷子都不相信，他只相信自己的眼睛，因为他曾经是捕鲸船的船长，也是优秀的猎手，生存下去要靠眼睛，所以你说他看的东西不真实他会很愤怒的，说明你对他很不尊重。"

本尼也急了，对老爷子说："咱们因纽特人是吃生鲜鱼的，你让他吃一个他肯定不吃。"结果老爷子立马拿了一条鱼给我，我就吃了，然后我又用手势表示能吃第二条吗。这个老头火冒三丈地看着本尼，本尼不敢说话了，直瞪我。后来老爷子还是很高兴地对我说："你照吧，照得漂亮点。"

这就是他们自给自足的方式，感觉比较淡然，而且与世无争。他们跟大自然的关系不是征服与被征服的，而是和谐相处。

金雷去过两次北极，第二次的时候他把上次的遗憾填补上了，比如说冰泳。

那是春末夏初的时候，冰已经都化了，水里的温度3℃。冰泳也不是每个人都能够去游的。你要是能够有决心跳下去还可以。有的人一沾水面,脚就跟刀扎一样的,就再不敢往里跳了。去北极,冰泳一般都会安排一次,基本上问题不大,就游5分钟,不会得病。但那种专门的极地潜水团选择的地点都是有动物的,海洋哺乳动物,比如说像白鲸,它们是很温顺的,你能跟它们近距离接触,它们是不伤人的,这个是很难得的。

谈到鲸鱼,金雷兴奋起来,我说鲸鱼也就能活二十几年吧,就是正常寿命,他眼睛一亮,跟我说起一个故事。

因纽特人春秋两次捕鲸,吃鲸肉是他们生活的一部分。他们前两年抓了一头鲸,成年鲸,从它的体内发现了一个什么呢?一个石制的捕鲸器,可现在都是铁制的了,根据当地的记载,这个石制的捕鲸器是大约是一百年前使用的了。这说明这条鲸鱼当年摆脱了那个捕鲸者,到后来又被抓住了。这条鲸鱼活了一百多岁,真的太罕见了。

我们把北极、南极、青藏高原称为地球三极,金雷在三极上往复穿行,喝了一杯水之后他又跟我讲起了南极之行……他讲得那么真切,让人陷入其中,无限憧憬。我何时才能抛开所有的牵挂,站在三极上大声地呼喊呢?其实奇迹就是念头加上实践产生的,而有几个人会有金雷的勇气呢?

九岁骑着单车去西藏

对于骑行爱好者来讲,从四川到西藏已经不是一个陌生的路线了,我在几次去西藏的路上都看到很多骑行爱好者,有男有女,骑着自己的爱车穿越在崇山峻岭当中,意气风发,勇往直前。但是九岁的孩子骑车去西藏,我是闻所未闻,第一次听说的时候,着实吃了一惊。听完孩儿他爸巫红杰的讲述,我才明白了这次骑行的真正意义。

巫红杰是一位70后的父亲,有一个活泼可爱的儿子叫巫龙骧,小名龙儿。巫红杰同时也是一位非常优秀的教师,对学生非常用心,常常加班加点,早出晚归。不知从何时起,龙儿喜欢上了网络游戏,成绩也开始下滑。巫红杰发现儿子有了网瘾,而且还很严重,几乎崩溃。

我一直对自己的工作能力很有信心。在我们这个地方,我是很有名的,自己教出来的那么多学生都成才了,我想自己的孩子自然而然也肯定能成才吧。但是没有想到龙儿上到四年级,竟然做出了我做梦都想不到的事情。

他在家里是自己住一个房间,晚上的时候,他按时上床,等我们睡着之后偷偷跑出去,到天快亮的时候,他又回家躺在床上,等我叫他起床，之后他就去上学。很长时间我都没有发现。后来还是我们小区看大门的说："您家孩子为什么总是早晨那么早回来啊？"我很纳闷，然后我就开始调查这件事情，结果一调查发现，真的不得了，他天天都这样溜出去上网，竟然持续了已经半年的时间。

我瞬间就傻了，我一直相信我自己的孩子肯定是很优秀的，可是现实给我当头一棒。

这个事情大概发生在龙儿上四年级快春节的时候，我想了很多办法，说件挺让我遗憾的事，我甚至动手打了他，打得还挺狠的，而且他当时就跟我保证说一定不再去了，但是这个情况根本没有改变，他表面上很乖的样子，但是实际上还是要去。

有一次我又抓住他偷偷出去了，我就开始审问这件事情，结果让我审出来更让我崩溃的事情。由于经常上网，他的钱不够用，他甚至于想方设法偷我的钱。他偷的钱有时候花不完，怎么办呢，也不敢装在口袋里呀，他就把这个钱塞到学校里那些他自认为能藏钱的地方。那一天我去了他学校，草丛里，墙缝里，还有垃圾堆里，他给我找出来了，我气惯了，我都不知道怎么办了。

作为一位优秀的教育工作者，巫红杰做了一件自己无法原谅的事情，就是打孩子。我以前也做过关于网瘾的节目，这个不好戒除，不然就不会有人狠心把孩子送去进行电击疗法了。巫红杰当时天天跟孩子进行战争，玩猫捉老鼠的游戏，每天都特累。暑假马上就要来了，面对两个月的假期，他犯起愁来。

我天天在家瞪眼睛看着他，这是不可能的事情，而且那个效果也不好，我就想，带他去个没有网络的地方。但没有网络的地方很少啊，我想啊想啊，后来就想到了西藏，因为儿子对珠穆朗玛峰一直很有敬意。我就说："我带你去西藏吧，很好玩。"他居然很高兴地说行行行。我就真的给他买了一辆自行车，周末的时候我俩就出去骑，最远的一次一天骑了60公里。暑假的时候我们就出发了，也不能说有特大的"预谋"，我真的是没有更好的办法了。

巫红杰是一个徒步爱好者，之前根本没有搞过任何骑行活动。在那个时候他是没有章法的，就想带儿子去没有网络的地方，但是他在决定了之后还是做了一些功课的，比如说看地图，找攻略，毕竟他要带着只有9岁的儿子上路，而且这也是他第一次去西藏。

我看到了龙儿写的日记，尽管有错别字，尽管像流水账，但很真实。

这是我第一次骑长途，爸爸说今天路程70公里，听了这个话我差点尿裤子，因为我最多骑过60公里，今天一下让我骑70公里，我行吗？爸爸说："要有自信，你行的！"顿时我全身血液沸腾。爸爸请放心，有了你这句话，我就有信心了。

我看到了很多龙儿的照片，我发现他在外面是真的开心，笑得非常灿烂，每每都是牙齿晒太阳。但是巫红杰说，这笑容是短暂的。

你看到的这个笑脸可能都是前几天的，后来有了转变，龙儿甚至有一次说爸爸你骗了我。我记得去南康那一天，要翻山，他走不动了，他就在路上耍赖，站在原地不走了。我真没招了，那一天我也崩溃了。后来我就说:"你只要超过前面一个骑车的,我让你到南康玩半个小时的游戏,去网吧。"他说:"真的?"我说:"真的。"然后他边哭边骑车。我也心疼他,忍不住哭了。

我陪着他一起哭到山头上。我带他上了山头以后,我说:"你回头再看看,你超过了多少个人。"这个时候他哭声小了,然后睁开眼回头看,一看后面还有人在慢慢推。他说:"这些人都是我超过的?"我说:"都是你超过的。你很厉害的。"他就不哭了。

到了南康镇,我带他去网吧了,结果人家说孩子不许上网。这件事在那里管理得非常严格。以前我说小孩去网吧是犯法,龙儿以为我骗他,这次以后他相信了,他相信了小孩就是不能上网。

这一次的骑行有两千多公里,他们在川藏路上经常会看到一些朝拜的人,他们一步一叩首,这种虔诚深深地打动了龙儿。龙儿说:"我想我骑自行车去拉萨就够难了,看到他们我才知道什么是真正的困难,他们真辛苦。"

龙儿经常会看到载歌载舞的藏族女孩在路上走,看到有人骑过来,她们就会扭头主动招手打招呼,笑脸如花,还用藏语和你说一些吉祥的话,十分亲切友好。你不得不感慨,原来人与人之间,陌生人之间还可以这么亲近。

说到底,孩子之所以在网络游戏当中沉溺,跟家长疏于陪伴、缺少真心交流有很大关系。当他体会到人与人之间的真诚,网络的诱惑就会减少。

一个生活中只有网络的九岁少年,在父亲的善意欺骗下,踏上了征服拉萨的道路,遇到车友,看到高山,体会人间冷暖,感受自然之美,慢慢地,在孩子的眼中,有了一个比网络更刺激、更值得去追寻的世界。

如今,龙儿已经戒掉了网瘾,他跟爸爸说下一个暑假还要去骑行……

在美国航母上当大兵的北京小伙

北京的小伙子怎么会出现在美国的航空母舰上当大兵,而且一当就是4年?全球最尖端的武器,最先进的作战体系,怎么会接受一张白纸,而且还是中国人?带着好奇心,我迎来了主人公罗雪。

他跟我想象的不太一样,他十多年前当兵时的照片我看过,很青涩,如今已经是一个成熟稳重的男人了。他的穿着很美国,但表达方式很北京。

罗雪在二十一岁的时候孤身一人在美国闯荡,当时带着几百美元,就像第一次出海的小帆船脱离了母港,身上还透着新刷的油漆的味道。他说:"当时去美国是想读书,学点东西就回来,学的是传媒,跟当兵是一点关系都没有。"

如果没有一次意外,罗雪的人生就不会有如此特别的经历了。

那是个巧合,不是我主动找来的。美国海军有专门的征兵处,当时征兵处的征兵官敲门敲到我家时,我正在家里休息。一个穿着海军军服的军官挨门挨户地敲,敲到我这里就问我:"你有兴趣到我们征兵处来聊聊天吗？我们正在征兵。"我问："我能当兵吗？我是中国人啊。"那个军官当时就愣了，他说："你英语说得不错，你有绿卡吗？"我说："有。"他很高兴地说："那太好了。有绿卡你就可以来。"

那是1998年，罗雪那个时候已经有了绿卡，这个绿卡其实就代表你可以长期在那边学习、生活、工作，但是他拿的护照还是中国的，国籍还是中国国籍。经过简单的交流之后，罗雪稍微有一点动心。

那个征兵官就像一个推销员，继续向我宣传当兵的好处，然后让我参加测验。这个测验不是正式考试，就是看你的基础知识能不能达到比弱智好一点的程度，因为题目实在太简单了。比如给你5美元，你去买一个东西花了3美元，然后剩下多少钱，扣掉税还剩多少钱。都是类似的特别简单的数学题。他觉得，你智商正常，思维逻辑正常，不是神经病，就可以参加正式考试。

正式考试会测验你对哪些方面比较擅长，比如我，凡是跟数学相关的就考得比较好。有了这样一个成绩单之后，他就能测算出来你是A强，B强，还是C强，然后每一强项后面他会给你列出很多选择，分数达不到你就不能进入那个领域。

我在美国学的是传媒，很想当战地记者，拿着照相机天天在航母上拍照多好啊。但部队里有一个关于级别的要求，叫安保系统，比如说到了三级以上你才可以做这个，因为你可能接触一些突发事件、机密事件等。当时的我只有绿卡，不符合条件。最后我选的是航空兵里面相当于安检工作的领域，说白了就是帮助检查飞机的安全性。

罗雪所在的航母叫星座号，上面大概有五千六百多人，有三个华人，其中一个是香港的，还有一个是越南华侨，罗雪是唯一一个来自中国内地的。零基础的学传媒的人如何和飞机打交道呢？

开始我对机械，对飞机，都认不全，而且它们的使用说明都是英文的，接触都没接触过。但我觉得美国海军有一个特点，对于我这种生瓜蛋子，他们会让你在这几年的时间里接受一个系统的教育，这个教育体系还是让人眼前一亮的。他们很重视在职培训，会把士兵分成不同的school。这个school不是大学，但是它会根据你在服役过程中的表现，还有你自己考核的成绩，以及你所从事的那个工种，做出安排。所以我当兵的4年时间里，有将近三分之一的时间实际上是在培训中度过的。我的一个上级领导跟我说："你知道吗，海军培养一个人，要花几十万美金，像你这样的人要花25万美金以上。一个兵服役4年，对海军来说就是赔钱，服役8年保本，服役12年以上的，才算投资在你身上得到了真正的回报。"

不过他们认为你整个人的素质提高了，会对社会更有益处，所以不惜血本去培养人才。我从海军服役四年下来以后，手里拿着五六个执照。如果是普通百姓去考，每个执照都得花几千美金。我有几个技术执照在手，退役之后找工作就方便得多。

起初，罗雪在语言上还是遇到一些麻烦，因为部队里来自各地的口音都有，人家也不会考虑到你听懂听不懂，所以他很有压力。

特别是上级要跟你说话的时候,你听不懂会耽误事情,比如有一架飞机马上需要检查,他告诉你这架飞机刚才出现了什么问题。他讲了一大堆,我中间可能就错过一些。这该怎么办呢?我就想到一个办法,就是在海军里头马上交到一个特别好的朋友,那个人能随时耐心地给我解释一些事情。后来我有了好友罗派斯,我经常会请教他。

作为新兵,有一关是逃不过的,叫整死人不偿命的祭海。这也算是美国海军的一个不成文的规矩,或者一种习俗。它是一个比较古老的欧洲传统,19世纪就形成了。大型的船队出海的时候,为了图个吉利,就要祭海。传说过子午线的时候,海神会把趾高气扬、干净漂亮的人抓到海里去,那就会造成船难,所以船上的人都要把自己弄得脏兮兮的,弄得丑陋无比。人丑,海神就放过你了。海军也延续了祭海的传统,直到今天。

出海经过子午线的时候,新兵要经历一次祭海,老兵就不用再参加了。那就变成船上的老兵整新兵了,因为他们搞过了。他们会喊你趴下,往前爬着、跪着经过泥汤子。他们在甲板上放一个大盆,里面挤满辣酱、芥末、番茄酱,总之都是不伤人但是看着很恶心的东西,闻着味道你就会吐。他们用这些东西把你弄得脏兮兮的,很恶心的样子,你就算过关了,然后去另外一个地方,专门有大水龙头冲你,把你冲刷干净就好了。

在航母上的美国人很多都不太了解中国,那是在2000年左右,网络还不如现在发达，据说还有人怀疑罗雪是中国间谍。

这个是半开玩笑的，是一个性格比直的战友问的，问我是不是中国间谍。我说："是又怎么样，不是又怎么样？"就像互相抬杠。他没见过中国大陆人，他自己来自德州农场，是放牛娃出身，家里有好几百头牛，好几百匹马，祖爷爷是一战的时候牺牲的，爷爷在二战时当过兵，他就带着一些比较固执的看法，觉得中国现在还停留在古代。所以可以说，在航母上，我影响了很多美国人对中国人的看法。

罗雪说航母上的食材特别好，可惜做得特别难吃。当时士兵的标准是每顿饭15美元，于是厨师就按十五美元的标准配菜。要保证吃得健康，还不能让人挑剔，所以不可能有特别辣的，也不可能有特别咸的，不可能特别稀，也不可能特别干——最终就是，不好吃。

在船上经常会浪费一些特别好的菜肴，因为到一个地方就有补给，我们一般是就近补给。有一次过澳大利亚，上来的都是澳大利亚龙虾，但厨师把它煮得像橡皮筋似的，拿刀一切，蹦出一米高。我说这个龙虾太糟蹋了，这要给我们中国厨子做，绝对不得了。结果好食材做的东西大家却都不爱吃。不过水果和牛奶这一类是取之不尽的，随时去随时有。

罗雪说，海军每次出海都是几个月，每次靠岸都得相隔几周，这种情况造成了海军的离婚率比较高。

海军的离婚率是美国军队里最高的，比空军、陆军、陆战队都高。这跟他们的服役状态有关系。海军军人经常会离家，一离开就半年半年的。还有一个原因就是，海军去的国家比较多，因为海军是游动状态，他们征兵的宣传口号就是"参加我们的海军就是你旅行的开始"。世界之旅，有着不稳定性，包括自己的不稳定和家人的不稳定。很多士兵突然间到了一个新的国家会产生一些浪漫的情怀，容易发生艳遇，一见钟情，以为爱上对方了，就要离婚，迎娶新人。可是下一次到了其他地方又一见钟情了，就又离婚。有人为此离婚七八次。

罗雪在业务上从没有出过差错，还获得了最佳海员奖，他的名字和出生地都印在飞机上，这在美国海军里是很高的荣誉。

我在海军就没立过功，我们作为技术兵种也没有太多机会立功，第一是因为我们从来见不到敌人，第二是因为我们不摸枪。我们不可能去杀人，也不可能立战功，我们的战功就是所谓的安全。安全是海军最大的敌人，比如说F14是从来没有被打下来的飞机，但好多次出海都有摔下来的。

不过我也有一次生命危险，差点被飞机削掉脑袋。那一次是我在做飞机起飞前的准备，我要站在飞机前面和飞机机舱内的飞行员进行手语沟通，我告诉他要做哪些机械的检测，比如说翅膀啊，轱辘啊，轮胎啊，大灯啊，还有左右氙灯啊。这些检测都是我通过手语跟他交流，我必须站在飞机的正前方。

我们的飞机停靠和起飞会有一个重叠过程，就是一边在起飞，一边在降落。那次我就赶上这样的一个时机，我们的飞机马上要飞，但是还有一架飞机一直没有降落成功，那架飞机再回来的时候就东倒西歪的，第一是因为新飞行员，第二是因为当时的海上的状态也不好，浪大，我们航母的倾斜也比较严重，所以他多少还是有一些偏差，他飞机的翅膀就离我特别近，差点打到我的头，也就一米不到的距离。

罗雪对咱们的辽宁号航空母舰充满期待。

它的战斗力到底够不够，或者能不能成军，有没有威慑力，这些姑且不说，因为每一个国家的第一艘航母都不是最棒的，万事开头难嘛，没有第一艘你不可能有第十艘。我是这样认为的。作为一个曾经的美国海军战士，我认为有航母不代表就真的要去打仗，世界势力的平衡是需要一种制约的，一方势力过大造成世界格局倾斜的时候，强大的那一方容易犯错误，如果没有人制约它，它会走弯路。所以，为了势力平衡，世界和平，我们需要有航母。

四年之后，罗雪退役了，他放弃了在美国当警察的机会，去洛杉矶学了导演专业。如今他回国开始拍戏。后来参与过《追风筝的人》的拍摄，做副导演，还与吴宇森合作过《赤壁》。很多合拍片都会找到他，因为他知道美国人的思维模式，能起到桥梁的作用。

罗雪在做完节目后还在跟我畅想："也许三十年后，大家坐下来谈，是哪个国家销毁几艘航母的问题，不谈销毁核武器了，这也是平衡……"

一家三口的图书馆情缘

坐落在橡树湾会所的第二书房由李岩一家三口运营，他们以社区图书馆的形式供大家借阅图书，并定期举办家庭教育读书会，为的是面向社区传播现代社会的教养观念，帮助更多的家庭从阅读中受益。

那天我的一位朋友小颖给我打电话说参与策划了一个活动，叫"北京十大阅读示范社区评选"，我马上眼睛放光，特别想认识这些依然想开书店、做图书馆的朋友，因为据我了解干这个可真发不了财，不赔钱就已经成功了，毕竟大环境就是这样。在头两年，曾经的一些被称为北京文化坐标的书店纷纷倒闭了，比方说位于北京大学南门的风入松书店没了，还有曾经在五道口最繁华的十字路口的光合作用书店也没了，还有曾经在海淀图书城傲然屹立的民营第三极书店也是遍体鳞伤地退出了江湖，单向街书店也是因为房租入不敷出再次搬家，只得去更便宜的地方另起炉灶。

在这样的大环境下，我格外佩服做实体书店的人。当我和这些依然拥有梦想的人接触的时候，深受鼓励，他们的气场也感染了我。李岩就是其中的一位。

我曾经读过李岩的一篇文章，觉得其中有这么一段写得非常好。

一个城市的气质不仅仅表现在宏伟的建筑、宽阔的街道，那是给别人看的面子，作为生活其中的居民最在意的还是浓浓的文化内涵，这才是值得细细品味、反复咀嚼的。而承载这些的应该是图书馆、博物馆与书店，这些才是真正的里子。

终于，我见到了李岩一家三口，女主人刘称莲，女儿李若晨。他们的图书馆才开张两个月。李岩是一个充满激情的人，他说："开一家图书馆应该是很多喜欢读书的人的一个梦想。我小时候在农村，基本上看不到什么书，但我又特别喜欢书，就连墙上贴的报纸，包括一些插图，都要看得仔仔细细，到现在都记得很清楚。与书结缘也不是一年两年的事，应该是几十年积累下来的。"

李岩从小就种下了开一家图书馆的梦想种子，但光有梦想还不行，还得有条件去实现，很多事不是想做就能做的。李岩在IT领域工作过，也做过记者，后来把工作辞了，在北大读一个投资专业，就开始琢磨做一件自己喜欢的事。

现在做什么事儿，首先考虑它有没有什么社会效益，再看有没有什么经济效益，我就琢磨，读书应该是一个非常重要的方向。因为一个人，一个家庭，衣食足，知礼节，我们国家改革开放三十多年来，物质方面已经高度发达，到了精神方面该提升的时候了。

但是当时爱人刘称莲并不同意他办图书馆,因为毕竟图书市场的大环境不好。

其实刚开始我是反对的,那么多的书店做得很大,像风入松这些是我们非常非常喜欢的书店,最后都倒闭了。做图书馆其实比做书店更难。但他在筹划这件事的时候,真的是激情澎湃,说对我们国家有多好,多有意义。

可我就在算账,就说会员制吧,我就在算,一个会员一年多少钱。算完之后,我觉得这个投资还是很大的。租的房子260平方米,这是一笔费用,然后我们装修也花了几十万,买书一万多册吧,我们肯定还会不断增加图书嘛,这样一算,我们得投资至少200万呢。靠借书要把这200万收回来,那得多长时间啊。

据我了解,李馆长这两个月的会员有六十个,而想让图书馆活下来,至少要有1000个稳定的会员。即便如此,李岩还是做了很多数据来说服妻子。妻子终于被打动了,说:"后来我也觉得人活着的意义不是钱能够衡量的,所以最后我还是选择了支持他,就是哪怕我们艰苦一点,也要把这个事做起来。"

这个社区图书馆叫第二书房。什么意思呢?每个人的家是第一书房,需要外面有第二个,仅次于自己家的书房。这个地方还叫第三空间,一个人生活除了单位和家之外,应该有一个属于自己的比较轻松的第三空间。李岩对自己的图书馆的方向有一个定义。

书是有分类的，因为书太多了。我们定位在社区图书馆，首先考虑到的是家庭阅读的需要。家庭和孩子是核心，所以我们的定位就是八个字：父母学堂，儿童书馆。

其实在家教方面，很多问题不是孩子的问题，真的是家长的问题，所以我们首先从家长入手，家长通过学习改造自己，再间接地帮助孩子。另外，孩子的阅读量很大，特别是小学生、学龄前儿童这些，每天会看很多书，而且童书的淘汰很快，一个家庭买是很难买齐所有新书的，社区图书馆刚好可以满足家庭的这种需求。

李岩决定做这个家庭教育主题的图书馆，跟他的育儿经息息相关，因为他的宝贝女儿李若晨是北京大学中文系的高材生。据我了解，女儿已经出版了自己的第一本书。问及她对这个图书馆的看法，她是这么说的。

其实从某种程度来说，我爸突然间热情高涨，也有我撺掇的因素。因为我之前就喜欢去那些相对小众一些的文化场所，类似于读书房、图书馆、绘本馆什么的，我会去转，觉得那些地方特别好。而且上了大学之后，在北大也接受了不少理想主义的教育，觉得现在国家在培养民众读书习惯这方面做的比较少。

李若晨是个很理想主义的大学生，这让我想到教育孩子非常重要的一点，就是培养他读书的习惯，这是非常重要的一点。在这个方面，父母给李若晨树立了好榜样，李若晨从小就非常喜欢读书。她能一整天拿着一本书不放下来,直到把那本书看完为止。爸爸妈妈经常带她去书店挑书,看到她喜欢的,他们又觉得好的,就买回来。家里各种各样的书非常多,随时随地家里的各个地方都有书。

正是由于李馆长看到了自己孩子的成长轨迹,所以就希望更多的家庭从书中受益。在自己的图书馆里,李岩还搞了很多活动。

出版社在我们这儿做一些新书发布会,《陪孩子一起上幼儿园》新书发布会就在我们那儿做的,效果非常好,从美国回来的专家谈中美家庭教育的差异,给我们很多启发。

参加图书馆活动的人越来越多,一次比一次多,而且我在下面听到一些家长们聊天,他们说收获真的很大。我们作为过来人,觉得很多事情是理所当然的,但是一些新爸爸妈妈就不知道。几个妈妈就说,过去老是以为是孩子的问题,结果发现全是家长的问题。他们说我们得好好学习。既然家长意识到好好学习的重要性了,我们的父母学堂就会开得越来越好。

一开始只是本社区的人来,后来就有远道而来的家长过来听讲座、看书。社区图书馆热闹起来,一家三口的梦想也逐渐清晰起来。

李若晨说:"我觉得吧,如果能不只局限在家庭教育或者儿童阅读这方面,这个图书馆就完美了。因为我上课的时候老师会推荐给我们很多非常好的书,以前可能不太会注意的,但实际上很经典,都是哲学、历史等社会科学方面的,我觉得这些书如果能够在图书馆里呈现给大家就好了。这样的话,我们的图书馆也会变成一个比较丰富又很有底蕴、很有含金量的图书馆。"

刘称莲说:"我的梦就比较俗气了,我经常说,老公,如果咱们这个图书馆开了三十年,或者五十年,有一天你在外头,别人看到你都说,老馆长来了。好几代人都叫你老馆长,那该是多幸福的一件事啊!"

李岩说:"我希望先把图书馆的商业模式探索好了,让它自己能生存下去,然后复制到千千万万的社区里面去,让千千万万的孩子都能受益,那就是我们国家受益了。我们应该像重视战略国防一样重视我们下一代的教育,因为他们才是我们的钢铁长城!"

听完他们的梦想,我的头脑当中出现了一幅画面。晚饭过后,或者是节假日,小区里面很多孩子,包括很多家长,不约而同地来到社区图书馆,看他们永远看不完的好书,旁边还有各种各样的积木、插件、魔方等玩具。孩子们玩儿得不亦乐乎,大人们一边品着咖啡,一边阅读着一本本好书,大家还在一块交流着自己读书的感悟,这是一件多么惬意的事情啊!

确实,阅读构筑梦想,阅读陶冶人的情怀。重视阅读,尤其是重视下一代的阅读,就是重视国家的命运与未来。可能很多人会沮丧地说在中国读书的好时代过去了,但是我们依然相信,它可能才刚刚开始。

北京大妞的红酒之旅

认识刘佳是在我们单位的食堂，那天晚上我和同事去得很晚，一进门就看见一个穿着黑色套装的长发姑娘自己悠悠地吃着，我跟同事说："这个妞没见过啊，还挺好看。"结果同事说："我应该见过她，是一次酒会上。她是一位长期生活在法国的品酒师，怎么跑咱们食堂来了？"

因为正好有了机会，我俩就拿着托盘凑了过去。

一聊天，刘佳那种拒人于千里之外的冷艳顿时荡然无存，完全就是一个大大咧咧的北京丫头。她为人很爽快，很快就跟我们熟络起来。我才知道她写了一本关于法国红葡萄酒的书，来做节目。我一拍大腿说："这个适合我的读书节目啊，我们就是要把一些看似高端的概念通俗化解释出来！"于是跟刘佳一拍即合。

刘佳是个好老师，在做节目之前让我体验了一把红酒鉴赏。那是一个圈里人聚会，来的都是葡萄酒方面的专家，有的还在国际上获过金奖。每人都带来了自己的宝贝，唯有我是吃白食的，闹了好多笑话，也长了好多知识。

刘佳是专业的品酒师，在国外当评委，经常会喝到一些高端的红酒，有的时候一天要跑好几个酒庄。我觉得品酒师是一个非常不容易的职业，他们要有超好的味觉，嗅觉也要比常人发达，所以他们可以辨别更多滋味。

在布鲁塞尔的国际葡萄酒比赛上，一天大概有几十种酒，这时候我们对每一种酒都会细致地品尝，从颜色、香气、口感，到它的余味，一一比较，再集中精力打分。

做品酒师，天赋是一方面，还要经过一些有意识地培养和训练。经过训练，逐渐你就会体验到什么是灌木丛的味道，什么是香草的味道，什么是木通的涩味。当然这个因人而异，可以展开想象。

刘佳准备了三道题目来考我。第一道题目是判断正误：喝了红酒之后牙齿会发黑，说明酒里掺了染色剂，一定是假酒或者是劣质酒，对吗？

我说对。刘佳又给我补充说明了一下："咱们有空一块儿上专业品酒会上走一遭，等喝上几款酒之后咱们互相看看就知道这答案了。会让牙齿发黑的，尤其是新年份的酒，里面色素很浓，很容易把漂亮的小白牙染黑了，所以我去品酒会一般都带一把牙刷。"

我跟刘佳聊起小的时候喝过的一种很甜的葡萄酒，好像叫中国红葡萄酒，也算是流传已久的中国式的红葡萄酒，挺有意思的。我记得这个葡萄酒背标上还有白砂糖三个字。这实际上是我们当年特殊的国情下产生的一些和欧洲标准不太一样的国家标准，但是现在咱们国家对红葡萄酒的技术标准是向国际看齐的。"

现在很多国人聚会也会喝红葡萄酒，我们经常说葡萄酒有后劲，那为什么水果酿的酒比粮食酿的酒后劲还大呢？大家都知道一个典故，青梅煮酒论英雄。古人为什么要往酒里面煮水果呢？其实水果里面含有很多天然的酸，酸和醇在一起，通过化学反应会变成酯。酯是什么？就是类似指甲油的溶剂，闻起来特别香。天然的酯浓度非常低，但是会让酒闻起来酒味不大了，可是这个酯在人体里还会慢慢分解出醇，所以喝酒的人就会觉得后劲很大。

刘佳的第一道题没有难住我，第二道却把我摆了一刀。题目是这样的：酿酒的过程不能离开葡萄，这是肯定的，那么请问在酿制过程中葡萄是洗还是不洗？

据说最早尝到葡萄酒的不是人，是猿，它可以爬树，蹦来跳去摘鲜果子吃，葡萄熟过头了掉在地上慢慢发酵了就有酒精了。在那时葡萄肯定是没洗过的，那么现代社会了，是不是应该洗洗呢？

但正确答案是不洗。第一个原因是，你洗了之后葡萄的糖分就被稀释了，对葡萄的质量有直接的影响。你知道吗，有时候采摘的过程中下一场大雨，这对酒庄是沉重的打击。第二个原因是，葡萄皮上有一种菌类，酵母菌，有的酿酒师特别喜欢用天然酵母来启动发酵，不用人工精选酵母，他觉得我这个地上能够产生几种特殊的天然的野生酵母菌，它能够让我的地上产出的葡萄酒有一些特殊的香味。不同的酵母菌对葡萄酒的香气有直接的、决定性的影响。

刘佳考我的第三道题跟健康有关系：临睡觉喝一杯红酒有助于睡眠，对还是错？

我觉得刘佳选的题目基本上是拨乱反正，扮演的是谣言终结者的角色。所以我选了错。她不公布答案，还卖起关子来。

一会儿再来揭晓答案。现在为大家普及一些常识。我们平常在选酒的过程当中，会不会有这样的想法，觉得戴软木塞的酒一定是好酒？甚至我有一些酒商朋友，特别是南方的酒商朋友，挑明说不是软木塞封瓶的酒我不要。

高端的好酒未必一定要软木塞封瓶，由于思维定势作怪，不光是咱们中国人，连法国人都有80%会觉得螺旋塞封瓶的是低端酒。其实不然，两者都有高端也都有低端。

不过，软木塞的酒要卧放我倒是知道的。曾经有个朋友，家里软木塞的红酒老是立着放，软木塞就变硬了拔不出来，结果拔的过程当中开瓶器拔断了，胳膊上划了一道长口子，鲜血直流。后来知道软木塞的酒要平放的，塞子得到滋润才可以一下才拔出来。

讲了一些软木塞的知识之后，刘佳公布了第三道题的答案。

我来公布红酒与睡眠的关系吧。酒精对中枢神经有一定的抑制作用，刚喝完酒，人会晕晕乎乎的，但是过上几小时，过劲儿了，人可能就醒了。酒精对人的中枢神经系统的影响实际上是双重的，在抑制之后会有一个刺激的作用，人会兴奋起来。从睡眠学上来讲，这会让睡眠过程中出现"快动眼"，如果你睡眠中长期没有这个阶段，你的记忆力就会受影响。

还有些朋友喜欢晚上回家喝些香槟，觉得香槟比葡萄酒口感更好，尤其是情侣之间，可以制造更浪漫的气氛。刘佳也讲了一些小常识。

香槟酒的味道醇美，适合任何时刻饮用，配任何食物都好。香槟是用葡萄酿出来的，所以香槟肯定属于葡萄酒里面的一个类别。因为它产于法国的一个叫香槟的地方，所以必须用此地的几种葡萄酿造，不能用其他的葡萄酿造。

我发现红葡萄酒的瓶底都是凹陷的，难道是侍者倒酒时放大拇指用的吗？我这个问题把刘佳逗得哈哈大笑。

这个问题太可爱了。我们在餐厅里看见试酒师穿着黑西装，大拇指抠着瓶子下面给客人倒酒，挺有派头的，实际上最开始那个凹槽不是为了倒酒方便。当时红酒没有过滤的工艺，存放时间长了会有沉淀物沉在瓶底，而且那时候没有发明醒酒器这种东西，为了避免倒酒的时候倒出沉淀物，人们就想出了在瓶底做出凹槽的方法，防止沉淀物出来。

我问刘佳："喝红酒一定要用高脚杯吗？"刘佳拿起一个盛有红酒的高脚杯，晃了晃，指着肚子说："这个杯子的肚子比腿儿重要，高脚杯肚子的形状能够影响红酒里面各种不同的香气分子出来的速度，可以影响它们进入鼻子的先后顺序，所以直接影响我们闻到的味儿。其实有没有腿不太重要，你这么拿着杯沿，照样可以把里面的液体悬起来，悬起来里面的香气分子可以出来得更快一些。有的酒不这么悬一悬香味出不来，就像某些人一样，你不去逗弄一下，他不爱说话，他在那儿憋着，你得招惹他一下。"

刘佳把红葡萄酒当成了情人，关注，品味，包容，专一。我想起了在食堂里她说的一段非常打动我的话："我早期在法国做葡萄酒专卖店导购时，接待过的中国消费者，绝大多数都充满好奇又战战兢兢，那种害怕、担心，一部分来自国内的负面经验，一部分也是缺乏常识。如果消费者能多掌握些靠谱的基本概念，以后就能挺直腰杆放心大胆地选择了吧。"

刘佳的红葡萄酒之旅依然在路上……

台湾的哥的故事

周春明曾经是中年失业一族,但是如今已经成为著名的出租车司机,有两百多位教授和老板排着队点名要他服务,甚至还有许多知名企业邀请他去演讲。他还写了一本书,他的经历很值得回味。

周春明是台湾人,曾经是一名水电工,生活一直比较平稳,波澜不惊。但是他突然遭遇下岗,他不得不感慨人生无常。那年他42岁,考了一张出租车的牌照,开始了出租车司机生涯。

台湾出租车司机挺多,这一行竞争也挺激烈的,但是当时的周春明并没有太多想法。他觉得收入还蛮多的,而且工作性质自由,可以四处跑,接触很多人。当时他的外观很糟糕,因为他抽烟,浑身烟味,也会吃槟榔,满嘴红彤彤的,趿拉着拖鞋,穿着短裤和背心就出来开出租车了。观念的改变源于一次对话,这次对话深深刺激到了周春明,他几乎是猛然惊醒。

大概是在六年前,我在台北远东饭店楼下排班,因为在那里可能会拉到长途的客人。我看到有一个老板模样的人走近我的车,他把行李箱丢进来就跟我讲："司机大哥请你开快一点，我要到五谷工业区。"500多块的收入，我是相当高兴的。那人上车之后瞄了我一下，然后说："大哥，可以跟你商量一件事吗？"我说请讲。他说："你先答应我不要生气，我才跟你讲。"当时我回头看了他一下，说："我不生气。老板，请你告诉我到底要说什么？"我以为他忘记带钱，有时候早上急着出门就会这样。但他跟我讲："出租车师傅，你这个工作没有技术性，假如多一个人失业之后开出租车，你的饭就被人分走一碗。"我的脸立刻就黑了，然后变成苍白。为什么？因为被这句话吓到了。

之前没有想过这个问题，经历过一次下岗的疼痛了，有时候会故意回避这种问题，但是真的回避不掉了，心里很不好受。我不知道哪里来的勇气，就回头去问："老板贵姓？"他说姓林。我说："林老板我跟你讲一件事，未来的五年内，我服务的出租车会被媒体介绍出来，报纸新闻里都会说我把服务做得很好，有一天我还会在讲台上演讲我的心路历程。"他问我："你要怎么做？"我说："你的话我听起来蛮不舒服，不过我要谢谢你，我要真正把我的外观，我的内心，做一个改变。"

其实这也是一次长久沉积之后的爆发，对于周春明来讲是触底反弹的一次机会。

回到家我跟我爱人说："明天开始把我的西装、领带、衬衫、皮鞋通通拿出来。"同时还跟她讲："香烟盒槟榔我全都戒掉。"她说："你已经讲了十几年了，现在还在讲。"我说："这次真的一定做到。"她就问我怎么了。我说:"昨天遇到一个客人,让我心里面感觉很不是滋味,我不想就这样被打败。我作为一个出租车司机,手握方向盘,后面的客人坐在后面跟我说请往左或者请往右,难道我就不能走出一条属于自己的道路吗?我的人生需要人家这样告诉我吗?我一定要做不一样的出租车司机。"

马克·吐温曾经说过:"戒烟还不容易,我都戒了几百次了。"但周春明用了半年就戒掉。朋友递来一根烟,他不抽,还常被人家笑,但他坚持住了。当外观、气味都非常好之后,他整个人也变得非常有礼貌,开始跟客人聊天。

第一年就这样过去了。

五年前从新竹回城拉了两个人,当时是夏天,很容易口渴,我记得上高速公路之前,路边有一个便利商店,所以就去买了一瓶矿泉水。后来一想,客人也没水喝,干脆给那两个人一人送一瓶吧。现在回想,我后来的客户队伍就是从那两瓶水开始建立起来的。其中一位小姐就是我人生当中第一个贵人。她是一家气管工公司的专员,她看我服务态度这么好,回到台北之后就要了一张名片,说周先生,如果有机会,我们有一些大学的教授和讲师让你来做服务好不好?我说好啊。

在这之后,周春明就开始研究服务了。拉那些教授的时候,他一般会准备一瓶水或者是一杯咖啡,他认为这个市场是可以做的。

有一位教授，每次我载他从台北到新竹去上课，一上车他就会告诉我说："周先生，前面永和豆浆停一下，我去买早点。"我就留心观察，看他买什么。他下车之后，我整理他剩下的垃圾，记住他爱吃烧饼、油条再加一杯豆浆，再来一杯黑咖啡。我把这件事情写进我的笔记本里，下次我接他的时候直接就把这些东西买来准备好，要是在冬天，我还会用一个保温的小包包起来。

我第一次带着早餐去接他的时候，他说周先生你前面等一下我要去永和。我说不用，我都帮你准备好了。他说你怎么知道我要吃什么。我说知道，你打开这个包看看。他打开包一看，有烧饼、油条、咖啡和豆浆都是热的。他当时非常讶异。后来他告诉我："你提供的服务很特别，如果这个市场你好好做，未来会不得了。"所以那时候真正开始发觉到服务不是做价格，是要做价值，简单来讲，就是要感动，你有没有贴近他的心来感动他，这就是服务的价值。

由此，周春明的服务项目就越来越丰富，找他的人越来越多。渐渐地，周春明不再一个人战斗了，他组建了自己的车队，截止到我采访他的时候，车队成员已经有二十多个了。

没学历，没资金，没背景，周先生当初什么都没有，但如今他却成功了。他有一本书《计较是贫穷的开始》告诉了我们他成功的秘诀。

载客的时候，如果客人的目的地较近，价位比较低一点，有些司机可能就计较这个价格。比如跑车的价格是1000块台币，如果从中提出100块帮这个客人准备一份早餐，还有报纸，客人在大冷天里一上车就闻到浓浓的咖啡香,就会觉得自己得到了尊重和照顾,当然就会对你印象深刻。反过来,如果你嫌钱少,麻烦,不做这个增值服务,你就不会长久留住这个客人。其实,每一个上车的客人都是我们的贵人,当你计较钱的时候,计较服务价值的时候,服务就做不好。为什么?因为你心中那道墙那么高,只想赚钱,不想这一份工作的价值。身在服务行业,却连服务都做不好,怎么赚钱?

周春明对价值有了更高层次的认识,现在,他已经不缺活了,但是有些别人不愿接的活他依然在坚持。

我服务过的陈妈妈是中风的,左脚和左手都不能动。我第一次见她时,她已经换过十个司机。大家都不想赚这个钱,因为根本没有钱可以赚,大家都在计较,计较时间,计较金钱。当时我刚刚演讲完,有一个人跟我要了一张名片,就是陈姑娘。她说:"我妈妈生病,可不可以请你帮忙?因为你在做感动的服务。"

我说:"好啊,怎么帮忙?"她说:"我妈妈必须做一个针灸治疗,礼拜一、礼拜三、礼拜五、礼拜六都需要。"这个时间蛮长的,我整个工作时间都要配合她,后来我就把我们的伙伴们召集来,号召大家做一些有益的事,收取的只是基本的费用。

去的人整个下午都不用工作,因为有时候等针灸治疗的人多,等的时间很长。我记得每一次请她上车,我都要做一个动作。因为她的左手和左脚都不能动,所以她必须从我坐的驾驶座后面上来,上来的时候有一个帮佣从后面扶着她。因为她行动比较不方便,所以我就耐心地等,等她最后慢慢把头放进去，身体放进去，我弯腰下来，把她的脚慢慢抬上车。每一次在车上我就鼓励她，我说："陈妈妈，你希望被这个帮佣推一辈子吗？你为什么不告诉自己，从今天开始，虽然针灸痛，但我们不怕，痛才对你好，你要鼓励自己。我希望有一天看到你挂着拐杖学走路。"

我们坚持了两个月，礼拜一、礼拜三是我，其他时间都是我们这些师傅们轮流帮忙，纯粹是做公益，很快乐的。这件事情被医生知道了，医生说陈妈妈不用到我诊所来了，我到她家帮她针灸。他被感动了。

两个月之后她女儿从国外回来，请我喝咖啡，下午五点的时候，一通电话打进来，是陈妈妈。她知道我和她女儿在一起后，一定要和我说话，她说："谢谢你，在我人生最苦的那一段日子里，你鼓励我好多。我告诉你一件好事，我现在已经拿起拐杖学走路了。"

今年我有空就打电话给她，现在她告诉我，走路不用拿拐杖了。我每一次心里面都会掉眼泪。所以我常跟我们车队里的出租车师傅谈一件事情，真正的感动的服务是把客人当你的家人照顾，往这个方向就会做好。

用不计较的态度体现生命的价值，获得改变命运的力量。周春明的感悟是：计较是人性的缺点，它让我们失去太多宝贵的东西。当一个人和钱斤斤计较的时候，钱也会和你斤斤计较。当你不是为了钱而活着的时候，你才可能获得更多的钱，金钱仅仅是成功的附带品罢了。